登場人物紹介
Character
◆カミラ
ノア付きの侍女。
◆テオバルド
ディバイン公爵家の当主。
イザベルを後妻として娶るが、
実は極度の女嫌い。
◆イザベル
シモンズ伯爵家の令嬢。結婚式の前日に前世の記憶
が蘇り、自分がマンガ「氷雪の英雄と聖光の宝玉」に
出てくる悪役継母として転生していることを知る。
断罪回避を固く誓うが、継子のあまりの可愛さに、
もはや悪役の気配は皆無。
◆ノア
ディバイン公爵家の跡継ぎ。
マンガ「氷雪の英雄と聖光の
宝玉」の主人公。

◆皇帝
グランニッシュ帝国の皇帝。好色で、欲深い。
◆マルグレーテ
グランニッシュ帝国の皇后で、イーニアスの実母。
◆イーニアス
グランニッシュ帝国第二皇子。マンガ「氷雪の英雄と聖光の宝玉」のラスボス。
◆サリー
シモンズ伯爵家の侍女。
◆オリヴァー
イザベルの弟。しっかり者だが、少々毒舌。
◆ウォルト
ディバイン家の執事長。

目次

継母の心得　7
皇子と公子のお手紙　253

継母の心得

プロローグ

ピッピッピッ……

電子音の鳴る病室で、看護師、医師に囲まれて浅い息を繰り返す。

先程まで全身に走っていた痛みはすでに麻痺したのか感じず、自身の呼吸が浅いことも他人事のように思えてきた。皆の声がどんどん遠ざかっていく気がする。

一体どうして、こんなことになったんだっけ……

平凡なオタクである私、山崎美咲《やまざきみさき》は、三十五の年に癌《がん》宣告され、治療の影響で子供が産めない身体となった。

いい年だったし、元々恋愛に消極的で学生の頃以来彼氏などいない喪女《もじょ》である。このまま死ぬまで独身なのだろうと思っていたから今更子供が欲しいなんて言わないけど、もし過去に戻れるなら…………子供を産んで、育ててみたかったかもしれない。

そんな思いが過《よぎ》ったのは、自分がまもなく死ぬと気付いていたからだろう。

そうだった……。治療を始めて一年、あんなに頑張った抗がん剤治療も手術の甲斐もなく、私、病院の硬いベッドの上で死んでいくのね……

もしも次の生があるのなら、母親になりたいわ――……


「――……さま、……お嬢様、そろそろお目覚めになってください」

ん、なに……。うるさいなぁ。まだ寝ていたいのにぃ。今何時よ……

「あと五秒で掛け布団引《ひ》っ剥《ぺ》がしますよ。三、二……」

「五秒って言いながら何故三秒からカウントぉ!?」

侍女のサリーのカウントにツッコミながら、勢いよく身体を起こす。

「おはようございます。お嬢様」

「おはよう、サリー……」

ってあれ？　サリーって誰？　私……死んだよね？　……え、なにコレ。

周りを見ると、テレビで観たことがあるヨーロッパの宮殿のような内装の部屋。家具も細かい装飾が施《ほどこ》され、見るからに高級そうだ。

隣にはクラシカルなメイド服を着た外国人の女性。天蓋付きの大きなベッドに座る私。

見たこともない光景なのに見覚えがある感覚――

ここどこ!?　夢……？　いえ、夢じゃないわ。今日はここで過ごす最後の日だもの。お父様にきちんとご挨拶しなければ…………ん？　お父様って？

「さぁ、お支度をお願いします」

「あ、ええ……」

サリーに急かされ、用意されていた洗面ボウルから水をすくう。

ベッドで洗顔をするなんてしたこともない行為なのに、当然のように身体は動く不思議。

手渡されたタオルで顔を拭きながら、この奇妙な感覚を整理するように頭の中で順序立てて考える。

私の名前……そうだ。私の名前はイザベル・ドーラ・シモンズ。今年十八歳になる、グランニッシュ帝国のシモンズ伯爵家長女。家族構成は父と、十三歳になる弟が一人。母は五年前に他界している。

伯爵家とは名ばかりの貧乏貴族で、幼い頃から婚約していた子爵家の長男とは、十五歳の時、持参金を用意できないという理由で婚約解消。当然次の貰い手もなく行き遅れ、四苦八苦の末なんとか捕まえた結婚相手は、お隣の領地の奥様を亡くされている三十過ぎの子持ちのおじさんで、明日、後妻として嫁ぐことが決まっている。

いやいや、私は山崎美咲（三十六歳）でしょ⁉　平凡なオタクで気楽な独身生活を満喫していたけど、病気で死んだ喪女《もじょ》のはず…………待て待て。

記憶が二つあるんだけど？　落ち着いてもう一度整理しよう。

私は今、イザベル・ドーラ・シモンズ（十七歳）。山崎美咲（三十六歳）は…………私の前世だわ！　ということは、結婚前日の大事な時に、よりにもよって三十六のおばさんの記憶を思い出してしまったということォオオオ⁉

第一章　前世を思い出す

「お嬢様、本日のドレスはどちらになさいますか？」

アンティークといえば響きはいいけれど、ただただ薄汚れた時代遅れのドレッサーに腰かけ、髪を梳《と》かしながら、鏡越しにサリーを見て即答する。

「昨日着ていない方でお願い」

「かしこまりました」

クローゼットにたった三着しかないドレスのうち、一着は二年前デビュタントで使用して以来クローゼットの肥やしになっているパーティー用のドレス。あとの二着は普段着で、それを毎日大事に着回している。今時庶民だって普段着は二着以上持っているだろうに。

それもこれも、シモンズ伯爵領が貧乏なせいだ。シモンズ伯爵領にはこれといった産業はなく、突出して収穫量が高い農作物などもない。民の税収頼りでなんとか治めているようなところで、けれど伯爵という名ばかりの地位のせいで我が家が国に納める税金はバカ高い。

つまり、領地での収入があまりないのに、国に絞り取られているから貧乏ということ。隣の領地はあんなに繁栄しているというのに。

さらに、その貧乏伯爵家の財政を圧迫している穀潰《ごくつぶ》しが私だ。なにしろ貴族令嬢はそこにいるだけでお金がかかる。言わずもがなだろうけど。

しかしそんな金食い虫の私も、ついに明日嫁ぐのだ。

父よ。今までおっさんに嫁ぎたくないだ、後妻は嫌だなどと駄々をこねてごめんなさい。必死こいてもぎ取ってきた嫁ぎ先だというのに。

でももう大丈夫。後妻がなんだ。三十過ぎがどうした。こちとら三十六年分の記憶を持っているんだぞ！

三十代前半なんてまだまだ若いし、前妻は死別なのだから側室や妾《めかけ》ってわけでもない。なにより、持参金をいらないと言ってくれるお金持ちだ。逆に貰ってくれてありがとうとお礼を言いたいくらいである。よくそんな条件のいいところを見つけてきたものだと感心する。

「お嬢様、お髪《ぐし》を整えますので、もう一度ドレッサーの前にお願いします」

ドレスに着替えたあと、サリーに言われて鏡の前に腰を下ろす。

鏡に映る自分が目に入り、つい山崎美咲視点で感慨にふけってしまった。

紫の髪色に金色の目って……まさに異世界だわ。

イザベル・ドーラ・シモンズは、濃紫《こむらさき》のウェーブがかかった髪に、金色の瞳、雪のように白い肌を持つ絶世の美女である。切れ長の目が少しつり上がっていることと、豊満な胸と折れそうな細い腰、形のいいお尻、長い手足という抜群のスタイルのせいで悪女っぽい印象を与えるが、その実、まだ十七歳の小娘なのよ。

まぁ、前世を思い出す前はちょっと……だいぶ？　我儘《わがまま》な娘さんだったけれど。

しかしこの顔、どこかで見たことがあるような……？

「お嬢様、髪型はいつものように整えてよろしいですか？」

「ええ。大丈夫よ」

あっという間にハーフアップにしてくれたサリーの器用さに感心しつつ、立ち上がる。さっき覚えた既視感は忘れ、このあとの家族との朝食へと思いを馳《は》せた。

さて、支度もできたことだし、父を安心させに行くとしましょうか。

――先程の既視感がとても重要なことであったと、私はこの時まだ気付いていなかったのだ。


「お父様、オリヴァー、おはようございます」

貧乏だが伝統と格式だけはある我が家の屋敷はとても広い。このダイニングルームも広さだけなら他の貴族家にも引けは取らないだろう。そんな場所で、大きな食卓をたった三人で囲む。実にバカバカしい光景だ。

「イザベル、おはよう」

「おはようございます。お姉様」

さっきまで私のお世話をしてくれていたサリーは、今度は給仕としてパンをお皿に取り分けている。

それもそのはず、ウチには使用人を雇うお金がなく、侍女はサリーとサリーの母親のみで、あとは執事と庭師兼御者しかいない。

そんなわけでサリーの母親が料理人も兼任し、サリーは侍女とは名ばかりでメイドの仕事もこなしている。

とんだブラック企業だわ。

「イザベル……その、明日の準備は大丈夫かな？」

席に着いた途端、父が恐る恐る問いかけてきた。

今まで駄々をこねていた結婚だ。父としては問題を起こされたらたまったものではないだろう。

「大丈夫ですわ。準備もなにも、全てあちらでご用意いただけるようですので、わたくしがすることなどほとんどありませんもの」

「そ、そうだね。……今日は嫌がっていないようだけど、なにか、その……心境の変化があったのかい？」

「は？」

「そうですわね。よくよく考えるとそんなに嫌ではないことに気付きましたの」

「だって、特に行動を制限されるわけではございませんでしょう。ドレスも装飾品も、必要なものは全て準備していただけるようですし」

なんならこっちには利点しかない結婚だわ。政略結婚は貴族なら当然のこと。相手は子持ちだから世継ぎを早く産めなどとプレッシャーをかけられることもないはず。なによりお金持ちだ。愛や恋で飯は食えないが、お金があれば飯は買える。

ハッだめだめ！　こんな考えだから前世では独身だったんだよね。これは早急に考えを改めねばならない。

「そうか……年若いお前を、後妻になどやらなければならない情けない父を許しておくれ……っ」

「お父様は最良の結婚相手を見つけてくださいましたわ。情けないなどとおっしゃらないで」

「い、イザベルぅ……っ」

逆に十代や二十代が結婚相手じゃなくてホッとしたもの。前世の記憶のせいで、年下すぎて子供にしか見えないのだから。

確かに周りからすれば、伯爵家の若い令嬢が子持ちのおじさんに後妻として嫁ぐなんて、令嬢になにか問題があるのではないかと思えるだろうが、すでに我儘《わがまま》令嬢というレッテルが貼られている私の評判はとても悪い。社交界なんて生まれてこの方、デビュタントにしか出ていないにもかかわらず、この悪女顔のせいで噂が真実味を帯び、今では帝都にまで広がっているのだ。持参金があったとしても貰ってくれる相手などいないだろう。つまり世間様にとって、私は十分問題のある令嬢なのだ。

「お姉様がおかしくなった⁉」

「オリヴァー様、お嬢様は本日お目覚めになった時からああいったご様子です」

「頭でも打ったの⁉」

「いいえ、結婚が嫌すぎて脳に影響し、一周回ってまともになったのではないかと考えます」

「なんだって⁉　お姉様が！」

サリーも酷いが、弟、お前も大概《たいがい》だからな。

「ゴホンッ。……わたくし、昨日までの自身の態度を振り返って深く反省しておりますの。他家に嫁ぐのですから、いつまでも家族に甘えているわけにはまいりませんでしょう」

「イザベル！　大人になって……っ」

「お姉様がまともなことを言っている！」

「心配していたけれど、これならディバイン公爵家に行っても立派に公爵夫人としてやっていけるかもしれないね」

……今、なんて言った？

「僕は心配です。ディバイン公爵は氷の大公と呼ばれるお方ですよ。お姉様があの有名な大公の妻としてお役目を果たすことができるとは思えません。しかもまだ小さい公子様がこのお姉様の継子《まま こ》になるのですよ。お姉様に子育てなんてできませんよ」

ディバイン公爵……？　氷の大公……？

◇　◇　◇

ディバイン公爵家。それはグランニッシュ帝国の軍事の一切を担《にな》う一族である。

グランニッシュ帝国は皇帝派、中立派、ディバイン公爵派の三つの派閥に分かれ、互いを牽制し合っていた。中でも最も力を有していたのがディバイン公爵派だ。

その当主テオバルドの息子、ノア・キンバリー・ディバインは跡継ぎでありながら、継母から酷い虐待にあっていた。

父親のテオバルドはノアに全く興味を示さず、仕事にかまけて家に寄り付かない。使用人も虐待を見て見ぬふりをする惨憺《さんたん》たる幼少期であったため、ノアは心を閉ざしてしまう。

ノアが十六歳の年、隣国との戦争が勃発《ぼっぱつ》し、ディバイン公爵家も参戦せよとの勅令《ちょくれい》を受けたが、その頃テオバルドは体調を崩すことが多く、代わりにノアが戦地へ赴《おもむ》くこととなった。

一年後、息子の帰りを待つことなくテオバルドは死去。ノアは父親を失ったが、長年放置されていたためなんの感慨もわかぬまま、ただただ無機質に戦場で過ごしていた。

そんな時、衛生兵として従軍していたフローレンスという平民の少女と出会う。

凄惨な戦争の中でも光を失うことのない瞳と、敵味方関係なく治療を施《ほどこ》す慈愛の心に惹かれたノアは、少女との交流を通して、氷のように冷え切った心を溶かしていった。

さらに一年が経ち、隣国との戦争で勝利を収めたノアは英雄として凱旋《がいせん》する。

そして公爵位を得て、長年己を苦しめていた継母と見て見ぬふりをしていた使用人たちを罰し追い出すことに成功。

戦争と同時にフローレンスとの交流は終わりを迎えたが、その後、運命に導かれたかのように帝都で再会した。

しかし運命の悪戯《いたずら》か、フローレンスはずば抜けた治癒力の高さと戦地での功績、妖精が見えるという特殊な能力により、帝国唯一の聖女としてイーニアス皇太子の婚約者になっていた。

互いに惹かれ合うノアとフローレンスだったが、皇太子はそれを許さず、ノアを亡き者にしようと画策する。次期皇帝となるには、三派閥の中で最も力のあるディバイン公爵派の支持を得る必要があり、そのためには聖女との婚姻が絶対条件だったからだ。

本末転倒ともいえるノアの暗殺計画だが、派閥の支持さえ得られれば当主が誰であろうと構わないと皇太子は考えていた。

むしろ、ディバイン公爵が死んでくれれば後々国を動かしやすいとさえ思っていたのだ。

さらに、イーニアス皇太子は悪魔と契約し、邪悪な力を手に入れてしまう。そしてノアの継母を味方に引き入れて……

しかしノアとフローレンスは力を合わせそれを打ち破り、二人はようやく結ばれた――


前世で入院中、読んでいたネットマンガ『氷雪の英雄と聖光の宝玉』の内容だ。

フローレンスは平民だったけど、珍しい治癒魔法だか聖魔法だかの使い手で、さらに聖女の条件である妖精を見る能力があったため、聖女として崇《あが》められていた。

そもそも聖女とは、この世界の成り立ちについて書かれた『創世記』という本に出てくる妖精に愛される者で、平民であろうと存在が確認されたら国を挙げて保護される。

皇太子は、その聖女との婚姻で次期皇帝の座とディバイン公爵派の後ろ盾を得ようとしていた。

それならノアとフローレンスの二人を応援してあげたら全て上手くいったのに……。って、そのディバイン公爵家は、私が明日嫁ぐところじゃないデスカ？　ということは…………悪役の継母って、私イイイィ!?

転生したのがマンガの世界で、自分が悪役継母だと知っても時すでに遅し。

放心している間に結婚式当日になり、公爵家の領地に移動していた。あと一時間もしないうちに式が始まってしまう。

いつの間に着せられたのだろうか。真っ白なウェディングドレスは、さすが公爵家が用意したとあって素晴らしく上等なもので、身につけた宝石も正直値段を知りたくないほど豪華である。

「イザベル、とても綺麗だよ」

「馬子《まご》にも衣装ですね」

父と弟が、色んな意味で顔を強張らせている私に声をかけてくるが、私はこれから夫になる男を思い浮かべて、それどころではなかった。

私の夫になる人は確か、『氷雪の英雄と聖光の宝玉』でこんな風に紹介されていた。

ディバイン公爵家当主、テオバルド・アロイス・ディバイン。女嫌いで、十代から二十代前半で婚姻を結ぶ貴族が多い中、公爵である彼の最初の結婚は、二十代後半の年だった。

その妻も産後の肥立《ひだ》ちが悪く子供を産んですぐに亡くなったが、子が幼いことと、まだ三十代という若さであったために、皇帝陛下より後妻を娶《めと》るよう命じられた――

いや女嫌いって。それもう、私はお飾り妻決定ってことじゃないか。

……結局、今世でも子供は望めないのか。

子供を産めないのは悲しいが、それより問題は義理の息子だ。このままいけば私は、継子《ままこ》に殺され破滅する。

もちろん前世《おばちゃん》の記憶があるので虐待は絶対ありえない。しかし、転生あるあるの『世界の強制力』というのが働いてしまったらどうしようもない。

今のところ、マンガのとおりに進んでいることが私の不安に拍車をかけているのだ。

最悪、継子《まま こ》が戦争に行ってる間に金目のものを持って逃げるしかないだろう。

「――……を夫とし、汝健《なんじ》やかなる時も、病める時も、喜びの時も、悲しみの時も、富める時も、貧しい時も、これを愛し、敬い、慰め合い、共に助け合い、その命ある限り真心を尽くすことを誓いますか？　…………………ゴホンッ……誓いますか？」

ハッ！　いつの間にか式の真っ最中だった⁉

周りを見ると父と弟はハラハラした顔で、神父さんは眉を八の字にして、私の誓いの言葉を待っている。隣のディバイン公爵は……ノミの心臓を持つ私は顔を見ることもままならない。

「っはい。誓います！」

声が裏返りそうになりながらもようやっと返事をすると、神父さんはホッとしたように、同じ問答をディバイン公爵にもする。公爵は抑揚のない冷めた声で誓うと、単純作業を繰り返す機械のように淡々と私の手を取り指輪を嵌《は》めた。

その時、初めて真正面から見た公爵は恐ろしいほどの美貌で、宵闇《よいやみ》のような黒髪から覗くアイスブルーの瞳は冷え切っており、なるほど、氷の大公と呼ばれる理由がよくわかる姿をしていた。

滞《とどこお》りなく式は終わり、その後家族やサリーと別れて公爵家にやってきた。

ここが今日から我が家となるのか……

想像していた以上に立派な、もはや城と言っても過言ではない邸宅を前に呆然としてしまう。公爵が付けてくれた侍女に促《うなが》され、躊躇《ためら》いつつも邸《やしき》の中へと入った。

両脇にずらりと並ぶ使用人たちを見て、前世の卒業式の花道を思い出す。頭の上で手を組んでもらい、人のトンネルと称して通らされた小学生の頃の思い出だ。そんな使用人の間を当たり前のように歩く公爵の後ろ姿を眺めつつ、やはり貧乏伯爵家とは違うなと感心する。

「テオバルド様の奥様で、イザベル様です。本日からこちらでお暮らしになりますので皆しっかりお仕えするように」

夫とは名ばかりの公爵がこちらを振り返りもせずさっさと邸《やしき》の奥へ行ってしまったため、執事長のウォルトが私を紹介してくれた。目の前に並ぶ使用人はしっかり教育されているのか顔には出さないが、皆困惑しているのが伝わってくる。

そりゃあ顔合わせすらロクにせず結婚した後妻のうえに、興味なんて一切ありませんと言わんばかりに紹介もせず、立ち去っていった主人の態度を見ればそうなるよね。主がそんなふうに扱う後妻の待遇なんて知れているではないか。

いくら女嫌いでも、娶《めと》ったのだから最後まで責任をとるべきだろうに。なに様のつもりだ。あ、公爵様か。

とにかく、ここでなめられて使用人から虐められる後妻人生なんてごめんだ。

気合いを入れると、背筋を伸ばし胸を張る。

「本日より女主人として、わたくしがこの邸《やしき》を管理させていただくことになります。イザベル・ドーラ・ディバインですわ」

そして優雅に笑ってみせたのだ。

こういった牽制は最初が肝心なのである。ちなみに女主人とは、公爵を追い出して家を乗っ取るということではなく、妻として邸《やしき》を管理する者のことを指す。決して下剋上ではない。貴族の妻は家内の管理を担《にな》い、夫は領地の管理をするというのがこの世界の常識なのだ。

「ノア様！　そちらへ行ってはなりませんっ」

私の牽制に使用人たちが怯《ひる》む中、突如、女性の焦った声が耳に届いた。

使用人たちもさすがに驚き、声の方を見る者がチラホラ。私もそんな使用人の視線を追いかけるように振り向くと、そこにあったのは……、階段上からこちらを見下ろす幼児の姿だった。

サラサラの銀髪、同じ色の睫毛《まつげ》に縁取られたアイスブルーの瞳は好奇心で輝き、ぷくぷくとしたほっぺはうっすらピンクに染まっている。幼児らしいふくふくした輪郭も、その美貌は隠せない。将来が楽しみな端整な造りをしている。

なに、この幼児。びっくりするほど可愛いんだけど⁉

ぷにぷにとした小さな手が階段脇の手すりを掴み、短い足は今にも階段を下りようと宙を彷徨《さまよ》っている。

「ノア様！　いけませんっ」

その足が地に着く前に女性に抱き上げられ、ホッと胸を撫で下ろす。

――ノア様。

やっぱりこの幼児が『氷雪の英雄と聖光の宝玉』の主人公、ノア・キンバリー・ディバインか。

「カミラ、なにをしているのですか。ノア様を部屋から出さぬようにと言いましたよね」

あ？

「も、申し訳ありません！　ウォルト執事長」

「早く部屋にお連れしなさい」

ちょっと、なに幼児を部屋に閉じ込めようとしているの？　私が悪役継母だから会わせたらダメって？　いやいやいや、まだなにもしていませんけど。

「お待ちなさい」

「奥様……？」

執事長が片眉を上げて訝《いぶか》しげな目を向けてくる。

「そちらにいらっしゃるのは、ディバ……テオバルド様のご子息ではなくて？」

「そうですが……」

「なら当然ご挨拶しなくてはなりませんわね。だってテオバルド様のご子息なら、わたくしの息子になるのですもの」

「そっ……それは、そうですが」

執事長は、私が幼児に罵《ば》詈《り》雑《ぞう》言《ごん》を浴びせるとでも思っているのだろうか。失礼な。

口をもごもごさせている執事長を横目に、ゆっくりと階段を上がる。カミラと呼ばれた侍女が、何故か主人公を抱っこしたまま後ずさった。何故だ。

「ごきげんよう。わたくしはイザベル・ドーラ・ディバインですわ。あなたの腕の中にいる方にご挨拶したいのだけど、よろしいかしら」

階段を上りきったところで背筋を伸ばし、侍女に声をかける。

「っは、はい……」

ものすごく怯えられているのだけど。

侍女は震えながら主人公をフカフカのカーペットの上に下ろすと、恐る恐るといった感じで私を窺《うかが》ってくる。

何故私はこんなにも怖がられているのだろうか。

「初めてお目にかかりますわ」

幼児の目線に合わせるため膝をつき、怖がらせないように笑顔で話しかける。

前世、住宅展示場で子供相手のアルバイトをしていた時に身に付けた、幼児を怖がらせない対応の一つだ。

「わたくしはイザベルと申しますの。よろしくお願い致しますわ」

「…………」

主人公は宝石のような瞳をこちらに向けている。が、なにも話さない。見た目からして二歳くらいだろうか。二歳だとお喋《しゃべ》りしてもおかしくはない時期だろうに、主人公は昔から無口なのかな。

「あなたのお名前を教えてくださる？」

「………」

瞳は星のようにキラキラと、好奇心に溢《あふ》れている。

ふむ……。それなのに喋《しゃべ》らないのは何故なのか。こういう目をした子供は大概《たいがい》自分の名前や年を言いたがるのに。

「ノア様です」

あ？

頭上から侍女の声が降ってくる。

何故、主人公に聞いたことを侍女が答えるの？

「あなたには聞いておりませんわ」

「で、ですが、ノア様はお喋《しゃべ》りにはなりませんので」

喋《しゃべ》らない？

「喉でも痛めていらっしゃるの？」

風邪を引いているのだろうか。

「いえ、喉は痛めておられませんが……その、まだお小さいのでお喋《しゃべ》りができないのです」

「わたくしには二歳後半くらいに見えるのだけど」

個人差はあるが、二歳後半ならお喋《しゃべ》りできる子供も多い。実際、前世の友人の子供は支離滅裂ではあったけど、お喋《しゃべ》りしていたし、住宅展示場で面倒を見ていた子供たちもそうだった。

「ノア様は三歳です」

「はい？　三歳なら、煩《うるさ》いくらいにお喋《しゃべ》りする年ですわよ？　もちろん個人差はありますけれど」

「え、そうなのですか？」

「そうなのですかって、あなた、お世話係ではないの？」

「あ、私はひと月前にノア様付きになりました」

「……念のため聞くのだけど。あなた、子育ての経験や知識はあるのかしら？」

どう見ても十五、六歳に見えるけど、実は十代後半で子供もいます、という場合もあるので一応確認してみる。

「まさか！　私は独身ですし、子供を育てたこともありません」

やっぱりそうよね。って、待って。主人公は仮にも次期公爵でしょう。お世話係に子供の知識が全くなさそうな子を付けるってなにを考えてるの!?

「ウォルト、あとで話がありますわ」

「は、はい。かしこまりました」

私の言葉に緊張を隠せないのか、執事長はハンカチで額を拭《ぬぐ》うと集めた使用人を解散させた。

「ノア様、だっこさせていただいてもよろしいかしら」

にっこり笑って手を広げると、トトッと私の腕の中にやってくる。子供は大概《たいがい》、手を広げたら吸い込まれるようにやってくるものだ。前世の友人の子供もそうだった。

「まぁ！　ノア様がご自分から行かれるなんて……」

侍女は目を見開いて私たちの様子を見ている。

抱き上げて、あとでお屋敷の中を探検しましょうと言うと、主人公はさらに瞳をキラキラさせ小さく頷いた。あまりの可愛らしさに、つい顔が緩んでしまったわ。

そうこうしているうちにウォルトが階段を上がってきて、私の部屋に案内してくれると言うので抱っこしたまま移動したのだが、部屋に入って色々と説明を聞いているうちに主人公は眠ってしまった。

先程の年若い侍女――カミラが、さっさと連れていってしまう。

「さて、ウォルト。ノア様のこの邸《やしき》での扱いについて聞きたいのだけれど」

「は、はい。ご存知のとおり、ノア様は旦那様とお亡くなりになった前妻様との間に生まれたご子息です。しかし、旦那様はノア様に興味を示すことなく、乳母に世話を任せっきりでした。その乳母もひと月前に馬車の事故で亡くなり、現在はカミラが乳母の役割を担《にな》っております」

「カミラとは先程の侍女でしょう。あの子は子供の知識が全くないようだけど、何故そんな子に小さな子のお世話を一任しているのかしら？」

「そ、それは……、人材を募集しているのですが、どうにも……」

しどろもどろで額の汗を拭《ぬぐ》う執事長に溜め息を吐く。

ディバイン公爵は氷の大公と呼ばれるだけあり、誰に対しても冷たく接することで有名だ。おそらく昔から公爵家に勤めている使用人以外は敬遠しているのだろう。

「わかりました。ノア様のお世話はしばらくわたくしが中心になっておこないますわ」

「は？」

「別におかしいことではないでしょう。わたくしは今日からノア様……いえ、ノアの母親なのですから」


翌日、早速ノアの部屋を訪れたのだけど――

「絵本がないですって⁉」

「はぁ……。『えほん』というものがなにかはわかりませんが、子供が読むための本など聞いたこともありません」

これからノアのお世話をするために、これまでカミラがどんな教育をしてきたのか聞いていたのだが、ノアはカミラ以外から話しかけられたこともなく、部屋に籠《こ》もりっきりだったことが判明した。そのことから、ノアが喋《しゃべ》らないのは、他者とのコミュニケーション不足が原因なのではないかと考えた私は、まず日常的な会話を増やすことと絵本の読み聞かせから始めようとしたのだが、まさかの絵本が存在しなかった。

確かに今世の記憶を辿ってみると、絵本を読んでもらった思い出はない。それどころか、おもちゃで遊んだ記憶もない。

つまりこの世界、子供用品が全く充実していないのだ。

「そう……これはもう、わたくしが作るしかないようね」

「奥様、子供は文字が読めません。子供用の本など意味がないのではありませんか？」

絵本というものがなにかわからないカミラがこのように思うのも無理ないだろう。

「そんなことないのよ。読み聞かせれば小さな子は言葉を覚えていくのだから」

「はぁ……」

「さぁ、カミラ。まずは紙と絵の具をたくさん用意してちょうだい」

カミラは困惑しているようだが、とにかく絵本を作ろう。同人誌即売会で培《つちか》ったオタクの画力をなめるなよ。

「とはいったものの、製本するとなるとお金と時間がかかるものね……。とりあえず今回は紙芝居のような感じでいいかしら」

カミラに画材を用意してもらい、部屋に籠《こ》もると絵本……いや、紙芝居制作を始める。とはいえ、ストーリーも絵もオリジナルで作るなんてできないので、ここは前世の物語をパクらせていただくことにした。

「男の子が好きそうで、夢のある話がいいわよね……」

前世のマンガであった、大冒険の末に七つの玉を集めてドラゴンに願いを叶えてもらう話はどうだろう。冒険譚《ぼうけんたん》は子供にも受けがいいだろうし、ドラゴンや魔法ならこの世界でも受け入れやすい。昔からある物語がそういう類《たぐい》のものだからね。

「なにしろ、魔法ってこの世界では普通に使うものね。オタクとしては、生活魔法とはいえ実際魔法を使えた時は嬉しかったな〜」

貴族と一部の裕福な庶民は教会に行き、祝福という名のお祈りを受けるとちょっとした魔法が使えるようになる。ファンタジーマンガのような派手なものとは違い、ライターでつけた程度の火を出したり、コップ一杯の水を出したり、ドライヤー程度の風を吹かせたりと、日常生活で便利に使える、いわゆる生活魔法しか使えないが、一応この世界は剣と魔法のファンタジー世界だ。

ちなみにこのディバイン公爵家の歴代当主は別格で、氷の攻撃魔法を使える。もちろん主人公であるノアも。

「皇太子は火の攻撃魔法だったわよね。やっぱり高位貴族と皇族は、一般貴族とは違うわね」

もちろん私は一般貴族なので生活魔法しか使えない。一説には教会での祝福の際に、妖精と契約しているのではないかと言われているが、真偽のほどはわかっていない。きっと真実を知るのは、妖精を見ることができる聖女だけだろう。

「攻撃魔法なんて使うことなんてないのだから、生活魔法で十分だけど」

そんな独り言を呟きながら、一週間でフルカラー紙芝居を仕上げた私、すごくない？

「ノア〜。紙芝居ができましたわよ！」

完成したことでテンションが上がってノアの部屋に突撃してしまった。

「奥様、『えほん』というものを作っていたのではなかったのですか？」

「ぅ……そ、それはアレよ！　絵本は製本しなければ紙芝居と呼ぶのよ！」

「そうなのですか？」

なにも知らないカミラを丸め込んだことに罪悪感が湧くが、そんなことより紙芝居だ。

「そうなのよ。さぁノア、お母様が紙芝居を読んであげますからね」

大きなソファの上にちょこんと座っているノアの前に座り、紙芝居を取り出す。

「奥様！　そんなところにお座りになるなんて……」

「絨毯《じゅうたん》が敷かれているのだし大丈夫ですわ。さ、ノア。楽しい物語が始まりますわよ～」

前世でアニメにもなった紙芝居をノアの前に出す。ノアはなにが始まるのだと興味津々だ。

「ずーっとずーっと昔のお話――……」

冒険の旅に出る少年、少年の旅に同行する少女、旅の途中で出会う盗賊や動物たち。

まだ三歳だし理解できないかなぁと思いながら話す冒険譚《ぼうけんたん》に、ノアは前のめりになって目を輝かせ、キャッキャと喜んでいるではないか。

心の中でガッツポーズをとっていると、いつの間にかカミラまで紙芝居に夢中になっていた。

「――おしまい」

「え!?　もう終わりですか？　続きはないんですか？」

この話は長いので、キリがいいところで終わらせてあるが、そうだよね。続きが気になるよね。

「あのね、カミラ。この紙芝居はわたくしの手作りですのよ。一週間で作れるのはこれだけですわ」

「ハッそうですよね……面白くてつい。ですが奥様は素晴らしいです!!　見たこともない素敵な絵に、『かみしばい』の途中に入る音楽、なにより斬新な物語！　こんなに心が踊ったのは生まれて初めてです！　早く続きをお願いします！」

オタクの性《さが》か、挿入曲をアニメに忠実に口ずさんでしまった。しかしカミラさん、有り難い感想だが、あなたのために作ったんじゃないですからね。

「そう、ありがとう。ノアはどうだったかしら」

肝心のノアに響かなければ意味はないのだ。

「も、いっかい」

キラキラ輝く瞳をこちらに向け、ノアが口を開いた。

「ノア様が、お喋《しゃべ》りに……!?」

「あら、ノア。もう一度紙芝居をしてほしいの？」

カミラが驚愕する中、私はできるだけ優しい声で聞き返す。するとノアはコクリと頷いた。

「わかったわ。じゃあもう一度はじめからね」

私の言葉に嬉しそうに笑うノアのために、もう一度はじめから読み直す。結局、紙芝居はその後三度繰り返すこととなった。


大成功を収めた紙芝居はノアとカミラの熱望により続きと新作を描かされ、どんどんシリーズが増えてきている。紙芝居効果なのかコミュニケーションを増やしたからか、ノアは最近水を得た魚のようにお喋《しゃべ》りをするようになってきた。

「おかぁさま、あたりゃしい、かみちばい、できた？」

などと催促してくるようになったのはいいのか悪いのか……

「ノア、紙芝居もいいですが、お外で遊ぶのも楽しいですよ」

日に当たることでビタミンDが作られ、骨を強くしてくれるのだ。さらに免疫機能の調整や維持、ストレスの軽減、視力低下予防など様々な効果がある。日に当たりすぎると良くないが、適度な日光浴は人間に必要なことなのである。

「あいっ、おかぁさま、でもノア、かみちばい、ちたい」

継子《ままこ》を着々とオタクの道へ引き入れている気がしないでもない今日この頃です。

第二章　オタクの英才教育

春うららかな午後、元我が家とは似ても似つかぬ風光明媚《ふうこうめいび》な公爵家の庭で、私は継子《ままこ》と侍女カミラに魔法を教えていた。

「ここでこう！　足を開いて腕を下げますの！」

両手で花のような形を作り、それを下に向け右腰に当てて、手の花の中に光の球を作り出す。そしてそれを徐々に大きくしていき、二十メートル先の大木にぶつけるのだ。

「おかぁさま、しゅごーい」

「さすが奥様です！」

もちろん木にぶつかった光の球でなにかが爆発したり、穴があいたりなどはしない。球はそのまま弾けて消えてしまう。なにしろこれは生活魔法。ただ光るだけのライトの魔法である。

すっかり紙芝居にハマってしまったノアとカミラは、物語の中に出てくる攻撃技を再現してほしいと頻繁に強請《ねだ》ってくるようになった。そのため、魔法の授業と称して生活魔法を駆使したオタクの遊びをおこなっているわけだ。

「いいこと、二人とも。これは魔力コントロールの練習なのです。決して遊びではありませんよ」

などと言い訳しながらノリノリでやっている私こそ、オタク道を爆進《ばくしん》していると言ってもいいだろう。

「「は（あ）い!!」」

とはいえ、本当に魔力コントロールの修業にはちょうどいい遊びである。なにしろ手の中に小さな光を作って徐々に大きくしていき、その光を維持したまま勢いよく飛ばすのだ。これは、かなりの集中力とイメージ力、コントロールが必要である。まあ、使い道は全くないが。

「では続いて、敵に追い詰められた時に役立つ技を教えます」

「「は（あ）い!!」」

「まず両手を顔の前に掲げますの。その時掌は外側に向けて……」

「こ、これはまさか……っ」

フフフ……そう、か弱い女子供でもできそうな必殺技！

「ライト!!」

掌《てのひら》から思いっきり光を放てば目潰しができるのよ。

「奥様すごいです！　確かにこれなら、敵に隙ができますね」

「そうよ。危なくなったらこの技で相手が怯《ひる》んでいる間に逃げなさい」

「「は（あ）い!!」」

とてもいい返事だが、公爵家の跡取りにオタクの英才教育を施《ほどこ》しているようで罪悪感が半端ない。

まあ、アニメとは多少アレンジをしているが。

しかしこの授業のおかげでノアが外に出てくれるようになったと思えばプラマイゼロだ。決してマイナスではない、はず。

キャッキャと嬉しそうにライトの魔法の練習をしている継子《まま こ》（と侍女）を眺める私が、中間管理職のおっさん並の哀愁を漂わせるのは『氷雪の英雄と聖光の宝玉』に描かれた未来を憂《うれ》いているからだ。決してオタクになった次期公爵を想像したからではない。

SIDE　執事長ウォルト

「……随分騒がしいな」

窓の外から、つい数ヶ月前までは考えられなかったノア様のはしゃぎ声がする。それが耳に届いたのか、書類に目を通しておられた旦那様が顔をお上げになった。

眉間に皺《しわ》が寄っているということは、ご不快に思われているのかもしれない。旦那様はご自身を煩《わずら》わせる事柄を酷く嫌う。

これは、ノア様付きの侍女に、旦那様が邸《やしき》にいらっしゃる時は外に出さぬよう申し付けておかねばならないな。

溜め息をぐっと堪え、旦那様にお伝えする。

「今の時間ですと、ノア様がお庭を散策されている頃かと」

「ノア……あれは赤ん坊ではなかったか」

旦那様は、未だにノア様を赤子と思われているのか。

唖然とした気持ちを隠すように首を横に振る。

現奥様だけでなく、前妻様にも一切の興味をお持ちにならなかった旦那様は、ノア様がお生まれになった時に一度だけ、前妻様のお部屋へ足をお運びになられた。赤子の顔を見て名を与えるとすぐに退室なさったが。義務と言わんばかりの態度に、前妻様は唇を噛みしめておられた。きっと旦那様はそれすらも気付いておられないだろう。

前妻様が旦那様におこなったことが原因とはいえ、なんとも心苦しい状況だった。

そういえば、旦那様はあの時も今のように眉間に皺《しわ》を寄せておられたか。

「ノア様は三歳になります。もうお喋《しゃべ》りもする年頃ですよ」

「そうだったか……」

前妻様に続き、ひと月前に乳母が事故で亡くなったが、その後、ノア様に新しい乳母が付くことはなかった。旦那様がノア様のことを忘れていたからに他ならない。無論幾度も進言したが、仕事漬けの旦那様の頭の中に残ることはなかった。主人の指示もなく、我々使用人が勝手に乳母を雇うことなど不可能だ。侍女の中にノア様に手を割《さ》ける者もいない。ディバイン公爵家は常に人手不足なのだ。旦那様の威圧感に耐え長く勤められる者など僅《わず》かなのだから仕方がない。

たまたま乳母の事故前に新たに雇った者をノア様付きにすることはできたが、その境遇がノア様から言葉を奪ってしまった。

旦那様が新しい奥様を迎えられたことは、ノア様にとっては幸運なことだっただろう。

庭園で遊ぶノア様のお声に耳を澄ませつつ旦那様を見る。旦那様の関心はすでに机の上の書類へと移っており、先程のやり取りなどなかったかのように、執務室は閴寂《げきせき》としていた。

◆　◆　◆

紙芝居や絵本を作ったので、次はそろそろ子供用おもちゃを作りたいと考えている。

なにしろこの世界は、子供も大人も娯楽品が乏しい。おもちゃは暇つぶしという役割だけでなく、知育という面でも使える大事なアイテムだ。ノアのためにもできるだけ早く作ってあげたい。

「とはいえ、素人の私が作れるものとなると限られるよねぇ……」

素人でも作れそうな知育玩具かぁ……。ぬり絵はどうだろう？　ぬり絵なら三歳児も楽しめるかな？　う～ん。

「あぁっ、アレだ！」

優雅な刺繍タイム（実家にいた時は繕《つくろ》い物の時間だった）の最中にいいことを思い付き、すぐさま行動に移すことにした。


「奥様！　おやめください!!　そのようなこと、公爵夫人がなされることではございません！」

「そうです！　ご指示いただければ私がしますからっ」

ノコギリを手にし、積み上がった端材を前にやる気を出していた私を慌てて止めに入ったのは、私付きの侍女と厩舎《きゅうしゃ》の修理をしていた馬丁だった。

侍女などは悲鳴をあげていたので、公爵夫人としてはかなりマズいことをしていたのだろう。実家がアレだったので気付くのが遅れてしまった。

確かに、ノコギリを持っている時点で貴族としてどうなんだって話よね。

「あら、いやですわ。冗談よ。ホホッ」

誤魔化し笑いをしながら持っていたノコギリを馬丁に渡す。

馬丁はホッとしたのか、ノコギリを笑顔で受け取ると、「この木材をどうお切りしたらいいですかね」と指示を待つ。侍女は胡乱《うろん》な目でこちらを見ていたが、気にしたら負けだ。

「えっと、そうねぇ。このくらいの箱に収まるように、色んな大きさで三角や球、円柱や長方体、立方体を切り出してほしいの。厚みもバリエーションがあるといいわね。あ、色んな大きさとはいっても、小さな子が遊べるくらいの大きさよ」

「はぁ……小さな子……？」

戸惑いながらも、ギコギコと木材を切っていく馬丁は、思った以上に頑張ってくれた。

あっという間に様々な形や厚さの木が、足元に転がる。

「まぁ！　素晴らしい出来よ」

「あ、ありがとうございます。……あの～、ゴミをこんな形にして、奥様は一体なにをなさるおつもりで？」

「フフッ、これはゴミではなくてよ！　この表面と角をヤスリで滑らかにして、それから絵の具で色を塗るの。そうしたら完成よ！」

「はぁ、そうですかぁ？」

なにに使うのかわからなければ、そういう反応になるのも無理ないけど、もう少し驚いてほしかった。

このあと、馬丁にもう少し頑張ってもらい、全ての工程を終え出来上がったのは……

「できましたわよォォォ！　積み木!!」

バァン！　と勢いよくノアの部屋の扉を開ける。呆気にとられたような顔をした息子とカミラの姿が視界に入ってきて、冷静さを取り戻した。

「ゴホンッ、失礼しましたわ」

「奥様？　突然どうなさったのですか？」

困惑を隠せないカミラに満面の笑みを向け、腕の中にあるノートパソコンサイズの箱を見せる。

「あの、それはなんでしょうか？」

「これが積み木ですわ！」

「つ（ちゅ）みき？」

そう。私（馬丁）が作った知育玩具とはズバリ、積み木である。

なんだ積み木かよ〜、と侮《あなど》るなかれ！　積み木は三歳の幼児が遊べて、集中力や発想力、果ては空間認識能力まで向上させてくれるおもちゃなのだ。

「その箱がですか？」

「そんなわけないでしょう。積み木はこの箱の中身のことよ」

カミラの天然炸裂にツッコミながら、ノアのそばに行き、箱を渡す。

「さぁノア。こちらを開けてごらんなさい」

「あい！」

嬉しそうに箱を受け取ると、子供らしくワクワクとした表情で蓋《ふた》を開ける。

箱の中には様々な形、厚みのカラフルな積み木が並んでおり、子供心をくすぐる仕様だ。

「うわぁ！　おかぁさまっおかぁさま！　いろんなおいろの、たくさん！」

「これはね、こうやって積み上げて遊ぶおもちゃなのよ」

遊び方の見本を見せてあげると、瞳をキラキラさせて遊び出す。積み上げるごとに興奮が抑えられないのか、「わぁ！」と声を上げているので、楽しんでいるようだ。

良かった。気に入ってくれたみたい。

ホッと胸をなでおろす。

「ふわぁ！　この『つみき』というのは、奥様がおっしゃっていた子供用のおもちゃですか!?」

「そうよ。このおもちゃは子供が楽しめるだけでなく、集中力や発想力を高めてくれる効果もあるの」

「えぇ!!　そ、そんなすごい効果が!?」

カミラが目を見開き、私と積み木を交互に見る。

「そう、これが知育玩具なのよ」

積み木をノアにプレゼントしてから二日後のこと。

「ノア……？」

今、私の目の前には黙々と積み木を積み上げていく継子《ままこ》の姿がある。さっきから何度も声をかけているのだが、全く反応しない状況に、絶句するしかない。

確かにこの世界に子供用おもちゃはなかった。積み木は、世界で初めて誕生した子供のおもちゃだと言えるだろう。

だが、それにしてもノアのこの熱心さはなんだ。いくら集中力向上を見込めるとはいえ、高まりすぎじゃないですかね？

「の、ノア。そろそろ積み木はお片付けして、お外で遊びましょう……？」

「………」

恐る恐る声をかけたが、ブロックを積み上げる手は止まることがない。あまりにも集中しすぎてこちらの声が聞こえていないのだろう。

まるでゲーム配信に夢中な小学生だ。

「ノア様、『つみき』を始めるとこの調子で、何度呼んでも聞こえないみたいなんです」

カミラが困惑気味に首を傾げ、ほぅっと悩ましい溜め息を吐く。

夢中になってくれるのは嬉しいが、知育玩具はたくさんあった方がいいと聞いたことがある。たくさんの知育玩具を用意しておくことで選択肢を増やし、子どもの知的好奇心を引き出して、遊びながら次の学びを引き出すことができるのだとか。

だからこそ絵本や積み木だけでなく、他のおもちゃも作る必要があるわけで……。ノアのためにも早々に行動に移したい。

「う～ん……」

しかし、積み木を作ったなら、次は嵌《は》め込みブロックのおもちゃと、パズルなんかもできるんじゃないかと馬丁に相談したところ、「そういうものはさすがに素人では難しいので、職人に相談してみたらいかがでしょうか」と断られた。

「職人ねぇ……」

そりゃあ馬丁さんだもんね。馬のお世話が本業だし、断りもするか。

ここは帝都ほどじゃないけど、ディバイン公爵家の本邸がある大きな街だし、腕のいい職人もいるよね。

「決めたっ、街に行くわ！」

「お、奥様!?」

カミラがビクリと肩を揺らし、目を白黒させたのはご愛嬌《あいきょう》ということで。驚かせてごめんね。

「街、でございますか……」

侍女に言付けても良かったが、できるだけ早く出かけたいと直接執事長のウォルトへ相談しに来たのだけど、どうも渋っている印象を受ける。

なんでだろう？

「ええ。買い物に行きたいから馬車を出してほしいのだけど」

「本当に行かれるのですか？」

「もちろんよ。できればノアも連れていきたいけれど、それは無理よね」

「そうですね……。旦那様は現在皇城へ出仕なさっていて、お帰りになられるのはひと月後でしょうし、お帰りになられてもノア様の外出許可が下りるかどうか……」

ですよね～。ていうかディバイン公爵、最近見かけないと思ったら帝都へ行っていたのね。ま、興味ないからどうでもいいけど。

「わかりました。今回はわたくしだけで街へ参りますわ」

「かしこまりました。それでは明日、馬車と護衛の準備を整えておきます。よろしいでしょうか」

「ええ、任せたわ」

こうして、嫁いできて初めて街に行くことになったのだ。


翌日。外出日和《びより》の中、公爵家の紋章が付いた立派な馬車の前で大泣きしているノアと、苦笑しつつノアを抱き上げているカミラに後ろ髪を引かれながら馬車に乗り込み、街へ向かった。

しばらく走ると、住宅街を抜け市街地に入る。景色がガラリと変わり、人通りも増えてきてドキドキしてきた。

街並みは中世ヨーロッパのそれっぽく、石畳もレンガの家も、黄色や青の壁も、まるで御伽噺《おとぎばなし》の世界に入ったみたいで、テンションが爆上がりだ。

ウチの領地はこんなにカラフルな壁にしている家も店もなかったし、道幅もこんなに広くなかった。やっぱりお金がある領地は違うわ。

中心街に入ると、屋台が出ている広場にたくさんの人が集まっていて活気がある。

マルシェまでカラフルで可愛いなんて!!

乙女心を擽《くすぐ》るマルシェに釘付けだ。

「奥様、本日はどちらへ向かわれるのですか？　ジュエリーショップでしたらここを右に曲がったところにございますよ」

一緒に乗っていた私付きの侍女が尋ねてくる。

「今日は装飾品を見に来たわけではないの」

「それではドレスでしょうか。でしたら通り過ぎてしまいましたので、戻るよう御者に伝えましょう」

「いいえ。ドレスでもないの」

「え？　で、では、どちらへ？」

侍女にニッコリ微笑み、窓の外へ視線を移す。

しばらくしてガタンッと馬車が揺れ、停車する。どうやら到着したようだ。

戸惑う侍女を引き連れ馬車を降りると、正面には三階建ての木造住宅があった。

「ここは……工務店、ですか？」

侍女の呆気にとられた顔に苦笑しながら頷く。

そう、ここは工務店。私が会いに来たのは、大工さんなのだ。

「奥様、工務店にお越しになったということは、別荘でも建てられるおつもりなのですか？」

そんなわけあるかい！

「今日はね、ノアのおもちゃを依頼しに来たのよ」

「お、おもちゃですか？」

当惑する侍女を連れ、工務店に足を踏み入れる。表からも予想していたが、間口が狭く中も細長い。まるでうなぎの寝床と言われる京都の町屋のようだ。

そこに、カウンターのような机が一つあり、奥には工具がゴロゴロ転がっている。雑然としているせいで、より狭く感じた。

「ゴホッ」

一緒に入ってきた護衛が咳込むのは、埃っぽいからだろう。掃除は行き届いていないようだ。

「どなたもいらっしゃらないようです」

「そうね。仕事で出払っているのか、それとも上の階にいるのか……」

「どちらさんで～？」

やはり上に人がいたようで、ドスドスと階段を下りてきた男は、私たちを見てぎょっと仰《の》け反《ぞ》ったあと、「な、なんのご用でしょうかぃ」と恐る恐る声をかけてきた。

横にも縦にも大きな男で、ただでさえ狭い店内が余計狭く感じる。

「仕事の依頼をしたいのですが、店主はいますか？」

侍女が私の代わりに男に問いかけると、「へぇ、親方は仕事で外に出とります」と申し訳なさそうに返してくる。

タイミングが悪かったみたいだ。やはり先触れなしの訪問はダメだったか……

「ゼン、帰ったぜぇ」

「あ、親方！　お帰りなせぇ。親方にお客さんが来てますぜっ」

「ぁん？」

おおっ、どうやらタイミングよく親方が帰ってきたようだ。

「なんだぁ？　お貴族様が、ウチみてぇな店に一体なんの用だ」

最初の大男とは違い、細マッチョの、想像よりずっと若い男性が、眉間に皺《しわ》を寄せて不躾《ぶしつけ》に見てくる。

「あなたがここの店主ですの？」

「チッ、ああ。店主のイフだ」

舌打ち⁉　ちょっと、さすがに貴族に対して舌打ちはマズいって！　ほら、護衛が殺気立ってるでしょうが。

「あなたに依頼があって参りましたの」

「貴族の令嬢がウチに依頼だぁ？」

顔が、「なに言ってんだテメェ。頭おかしいんじゃねぇか」と語っている。

「息子のおもちゃを作ってほしいのですわ」

「おもちゃだぁ？」

「ええ。こういったものなのだけれど……」

書き起こしたデザイン図案を見せながら話をする。

「三歳の息子が遊ぶものだから、丁寧に作っていただきたいの。ささくれや出っ張りで怪我をしたりしないように」

「三歳だと？　ガキのおもちゃなんぞ見たことも聞いたこともねぇが……」

「ないからこそ作っていただきたいのよ。あなたがたは物作りのプロなのだから、この程度簡単にできるのではなくて？」

少し挑発するように言うと、親方と言われた男は気分を害したように言う。

「確かにオレらにかかりゃこんなもん造作もねぇなぁ」

「では」

「だが、この仕事、引き受けるとは言っちゃいねぇ」

なんですって？

「こう見えてオレらも忙しいんでね。ガキのおもちゃなんぞ作ってる時間はねぇんだわ。折角のお貴族様の頼みだが、悪ぃなぁ」

ニヤリと意地悪そうに笑う男は、貴族が好きではないらしい。けれど、こっちも引くわけにはいかない。可愛い息子のためにも。

「……あら、雨季の建築業者は、他の仕事を探すほど暇だと聞いたのだけれど」

「ぁあん？」

「この話、あなたにとっても悪い話ではなくてよ。だってもうすぐ、雨季に入るのだから」

雨が降ると家を建てることが困難になる。何故なら、雨で滑りやすくなり作業中の事故が絶えないことと、溶接の質に影響を及ぼすからだ。したがって、建築業者は雨季になると本業を控える。

では、雨季になにをしているのかというと、家具を作ったり、家の中の修理をしたりと細々した手仕事をするのだ。だが、そんな仕事もたくさんあるわけではないため、あぶれた者は収入が途絶えてしまう。

だから、このおもちゃを作るというのは悪い話ではないはずなのだ。

「お貴族様の依頼一つで雨季の生活費が稼げるほど、オレらの生活にかかる金は安くねぇんだわ。それなら他の仕事をする時間に回すってもんだろ」

要は、この依頼も一回きりだろうってことか。どんなに金払いが良くても、たった一回の依頼の実入りなどたかが知れてると言いたいのだろう。

「あら、誰が一回きりだと言いましたの」

「あ？」

「わたくし、子供用品の店を始めるつもりですのよ。あなたがこのおもちゃを上手く作ってくだされば、安定したお仕事を差し上げてよ」

――なんて言ってしまったが、本当は店を始める気なんてなかったんだよぉぉぉぉ!!　引き受けてくれなそうだったから、口からポロッとね、デマカセがつい……

「そしたら相手がまさかのノリノリに……」

「はい？　奥様、なにかおっしゃいましたか」

「いえ、なんでもないわ……」

店を出た私は己の所業に頭を抱えていた。

ど、ど、どうしよう！　まさか、「へぇ……それが本当なら面白そうじゃねぇの。子供用品の専門店なんて今までにねぇことだ。店を出すってんなら、協力も吝《やぶさ》かじゃねぇよ」なんて言われると思わなかったよ！

「奥様、ご自身のお店を出されるのであれば、一度執事長に相談なさってはいかがでしょうか」

「えっあ、そ、そうね……。勝手に進めちゃダメよね。旦那様の許可も必要でしょうし」

「奥様に与えられた予算内であれば、特に旦那様の許可は必要ないかと……」

訝《いぶか》しげにこちらを見る侍女にギョッとする。だって普通は当主に許可を得るのが当然の流れでしょう。

「奥様が執事長に指示なさって、お店の手配をしてもらえばよろしいと思います」

お店を出すって、そんなちょっとした買い物みたいな感じでいいの？　公爵家だから？　お金持ちだからそうなの⁉

「そ、そう……。ただ、まだ商品が揃ってないから、もう少し考えてみるわ」

「かしこまりました」

足取り重く馬車に向かおうとすると、なにやら周囲が騒がしくなってきた。

「公爵様の奥様が来られたぞ！」

「あら？　公爵様の奥様はお身体が弱いんじゃなかった？」

「違う違う。そりゃ前の奥様だ。前の奥様が亡くなられて、再婚されたって噂だぜ」

「そうなのかい。奥様は滅多に人前に出られなかったから、お亡くなりになられたなんて知らなかったよ」

「まぁ、お若い奥様だわ～」

「美人だなぁ」

「奥様～！　公爵様に、我々が平和に暮らせるのも公爵様のおかげですとお礼をお伝えくださ～い」

驚くことに、街の人々が馬車を囲むように人だかりを作っていたのだ。

執事長が街に行くことを渋る理由が今わかった。

人混みをかき分け、やっとのことで馬車に乗ったのだが、現在私が乗る馬車は街の人たちに囲まれて立ち往生している。ディバイン公爵家の家紋が入った馬車は、人々の興味を引いたらしく、野次馬根性丸出しで集まってきたらしいのだ。

しかも意外なことに、公爵の評判がかなりいい。「ありがとうございます」と口々に公爵へのお礼を言っている。

「これは……しばらく動けそうにありませんね」

侍女はこうなることがわかっていたようで、諦めモードだ。わかっていたなら教えてくれればよかったのに。

「公爵様は人気ですのね」

「そうですね。領民を大切にされるお方ですから」

あの氷の公爵が？

結婚式の時の冷たい瞳と、その後の態度を思い返してみるが、どう考えてもそんなできた人だとは思えない。だってあの人、自分の子供を放置してるんだよ。領民は大切にできるのに、どうして自分の子供を大切にできないの。

イラッとする気持ちに蓋《ふた》をして、窓の外に目を移す。そして馬車を取り囲む人々を眺めながら、溜め息を一つこぼしたのだ。


「――というわけで、子供用品を扱うお店を出すことになりそうなの」

「まぁ！　それはいい考えですね！　『えほん』や『つみき』はきっと大人気になりますよ！」

ノアと夕食を一緒に取りながら、カミラに今日あったことを伝えると、出店については大賛成してくれた。

「けれど、その二つだけを売るわけにもいかないでしょう。他にも色々取り扱いたいと思っているの」

「他にもですか？　その、新しく依頼されたおもちゃでは駄目なのでしょうか」

ノアの食事の補助をしつつ、カミラが言う。

「それももちろんお店に出すのだけど……」

カシャンッ。

話している最中、ノアが口に運んでいたフォークがお皿の上に落下し、大きな音が響いた。

いけないいっ、話に夢中になっていてノアを見ていなかったわ！

「ごめんなしゃ……」

怯える仔猫のようにふるふると震えているノア。

「ノア様、申し訳ありませんっ、私が余所見《よそみ》をしていたばかりにっ」

カミラが慌ててノアの口の周りや、飛び散った食べ物を拭き、ペコペコと頭を下げている。よく見ると、ノアの持つフォークは大人用を少し小さくしただけで、子供の手で持つにはそぐわないものだった。

お皿も割れやすい陶器だわ……

「ノア、今まで気付かなくてごめんなさい」

私は椅子から降りると、しゃがんで目線を合わせ、ノアの手を取り謝罪した。

「おかぁさま？」

「どうしてもっと早く気付かなかったのかしら。その食器だと、ノアの小さなおててでは使いづらかったでしょう」

ノアはくりくりした瞳で私をじっと見つめている。

「このフォークでは先が尖りすぎていて危険だし、持ち手も細く掴みにくいわ。それにお皿だって割れやすい」

「ですが奥様、幼い子ども用の食器はこれしかありません」

またか。この世界、本当に子供に優しくない。

「それなら、わたくしが作りますわ」

お店に出す新たな商品が決まった。子供用の食器類、作ってやろうじゃないか！

第三章　素材と絵師と店探し

フォークの先はもっと丸みを帯びさせて、柄の部分は握りやすいように少し太めで、できればプラスチックのような軽くて割れにくい素材がいい。お皿もプラスチック素材が望ましいが、この世界でそんなもの、見たことがない。

「素材ねぇ……。そもそも、この世界にどんな素材があるのか詳しく知らないわ」

というわけで、なにかヒントがないかと屋敷の図書室に来てみたのだけど。

「異世界といえば、魔物や不思議植物よね！　もしかしたらプラスチックを作り出す植物や魔物がいるかもしれないわ」

そんな安易な考えのもと、図鑑の置いてある場所へと移動する。

とはいえ、私たちが普段見る魔物なんてスライムくらいしかいないんだよね。しかも、スライムといっても酸を吐くようなヤバいのじゃなく、ゴミとか糞尿とかを処理してくれる、とてもエコでいい子たちなのだ。だからこの中世ヨーロッパベースの世界であっても、トイレ事情や、ごみ処理問題に悩まなくてもいいという素晴らしさ。

そんなことを考えながら、パラパラと羊皮紙でできた立派な本をめくっていく。装丁が豪華で、いかにも貴族が好みそうな本だ。

今見ているのは魔物図鑑だが、この世界の人からしても、物語の中に出てくるような魔物しか載っていない。日本でいう妖怪図鑑のようなものだった。

「うーん、ちょっと現実的じゃないか……。植物図鑑の方がまだいいのかも」

しかし、植物図鑑にもプラスチックに代わる素材の情報はなく、あっという間に企画は暗礁《あんしょう》に乗り上げてしまった。

「そう上手くはいかないものね」

そんなことを呟きながらしばらく図書室をウロウロしていると、足元に飛び出していた木の板に引っかかり、転びそうになる。

「ひゃっ⁉　……っと、なんでこんなところに木の板が……あら？　文字と絵が書いてあるわ」

もしかして、この板も本なのかな？

確か、紙を手に入れられない庶民は、木の板を使う場合もあるって聞いたことがあるけれど。

板を手に取って見ると、そこには見慣れた木の絵が描かれていた。

「この木、実家の領地に腐るほど生えてるやつだわ。切ったら樹液が出てくるせいで建築には使えないし、かといって樹液も不味くて食べられないからお金にならないのよね。にもかかわらず生命力旺盛《おうせい》でバカみたいに生えてくるのよ」

まるで竹のような繁殖力に、父も困っていたなと思い出し憂鬱《ゆううつ》になる。

絵から文章に目を移す。癖のある字で少し読みにくい。

「なになに……。この木、の樹液は冷やし、たら白く固まり、割れ、にくく、軽量である……っ」

これって、もしかしたら、もしかするかも？

実家の領地に群生している木――正式名称をパブロの木というらしいが――その木の樹液を送ってほしい旨を手紙にしたため、実家の父宛に送ったあと、私は次の行動を起こすことにした。

絵師を探すつもりなのだ。

食器にしてもおもちゃにしても、子供用品に可愛い柄や絵は必須！　店を出す以上、私一人で絵や柄を描くのは限界があるだろう。

「できればあまり有名でない方がいいわ」

「奥様は絵師のパトロンをなさるのですか？」

執事長であるウォルトに相談すると、そう返された。そう言われればそうだなと思い、頷く。

「奥様に与えられた予算を芸術家の支援に使われるとは、素晴らしいお考えです。それでは数名、私の方で選定致しますのでお待ちください」

「え、ええ。お願いね」

芸術家のパトロンは、高位貴族の夫人の嗜《たしな》みのようなところがあるので、ウォルトはこのように乗り気なのだろう。

実際は、子供用品に柄や絵を描いてもらうのだけど……仕事の斡旋《あっせん》をするのだし、まぁパトロンといえばパトロンよね？　なんだったら、お店に飾る絵画とかを描いてもらって誤魔化せばいいか。

「ところで、店舗として借りる物件の候補はどうなっているかしら？」

「そうでした。ちょうどその資料をお見せしようとお持ちしたのです。こちらが奥様の条件に当てはまる貸店舗でございます」

さすが執事長、仕事が速い。まだ商品が揃っていないとはいえ、一応貸店舗を探してもらっていたのだ。

資料を受け取ると、内容を確認していく。

一つ目の物件は、貴族街の大通りに面した店舗で、広さも設備も整っているが、家賃はかなりお高い。銀座に店舗を構えるくらいの高級物件だ。

二つ目は貴族街だが人通りの少ない道に面した店舗。こちらは少し狭いが、設備は整っている。家賃は大通りほどではないがやはり少々お高めだ。

三つ目は庶民街の大通りに面した店舗。広さがあり、設備も整っているが、かなり古いようでリフォームの必要がありそうだ。しかし家賃はお手頃である。

「そうね……この二つ目の店舗前の道幅は、どのくらいなのかしら？」

「馬車が行き交う程度の道幅はございます。しかし、大通りに比べて人通りはあまりなく、住宅街に近いので商売をするには不向きかと」

なるほど。これは一度見に行かないといけないようだ。

「一度それぞれの店舗に足を運んでみようと思うの」

ノアの顔を見ようと部屋を訪れ、なんとなしに店舗についてカミラと話しながらお茶が入ったカップをゆっくり傾ける。

「そうですか。やっぱり実際に見てみないとわからないですもんね」

カミラはノアの様子を見ながらうんうんと頷き、慣れたように積み木のパーツをノアに渡している。

「……おかぁさま、またおでかけ？」

気が付くと、こちらを見上げるノアの瞳は潤《うる》んでおり、積み木で遊ぶ手も止まっていた。

「すぐにお出かけするわけではないのよ。今日はノアと一緒に遊べるもの」

「ほんと？　おかぁさま、ノアと、あそぶ？」

「ええ。ノアが嫌だって言うまで遊びますわよ！」

それを聞いてパァッと花が咲くように笑った息子は、「ノアね、かみちばい、ちたい！」と言って抱きついてきた。

可愛いが、ブレない子である。

その後、久々にごっこ遊びをし、白熱した紙芝居を演じ、積み木をしたあと、やっとノアがうとうとし始めて解放された。ウチの子、三歳なのに体力あるわ――と、凝《こ》った肩を解しながら廊下を歩いていると、バッタリ出会ったのだ。

氷の大公様に。

いつもなら、鉢合わせする前に相手が避けてくれるので身体の一部しか見えないのに、今日は思いっきり目が合って、互いに睨み（？）合ったまま動けなくなっているというこの状況。

なんで、この人がここにいるの？

公爵様は帝都に行ったきり、いつ帰ってくるかわからなかったんじゃないのか。

このまま帰ってこない方がラク～とか思いながら、ゴロゴロしていた日々がすでに懐かしい。

「……」

「……旦那様、お帰りなさいませ。お迎えに出られず申し訳ございませんわ」

お迎えなんてしたことないけどな。

一応挨拶すると、なにも言わずにフイッと顔を背けられた。

まったく、挨拶くらいできないものかね。

心の中で溜め息を吐いていると、いつもはすぐどこかへ消えるのに、まだそこにいるではないか。

「――？　もしかして、ノア……、公子様に会いに来られたのですか？　今ちょうど眠ってしまわれたので、後ほど改めてお部屋を訪ねられた方がよろしいかと思いますわ」

「……何故、私が子供の部屋を訪ねなければならない」

は？

そう言い残し、公爵様は去っていった。

「ちょ」

は？

「なに、今の………」

ハァァァァァァァァァン!?

多分、この時の私の顔は般若《はんにゃ》のようだったに違いない。

怒りのあまり枕をぼっこぼこに殴り倒して眠った翌日、思いのほかスッキリと朝を迎えた私は、ウォルトがすすめてくれた三つの物件の見学準備が整ったという連絡をもらい、勢い勇んでやってきた。

「こちらが大通りに面した店舗でございます。広さは申し分ないですし、建物の状態も良く、リフォームの必要もないかと思います。ストックルーム、店員の休憩室、お手洗い、そして商品棚等の設備も整っておりますよ。最近まで店舗として利用されていましたので、お店を出されるのであれば、こちらが一番おすすめです！」

「そうですの」

不動産業者が揉み手をしながら店舗を案内し、これでもかといいところを並び立てる。

この不動産業者は他の二軒を案内する気があるのかないのか、先程からこの物件を激推ししてくるのだ。

「こちらの物件は、以前はどのようなお店でしたの？」

「以前は女性用のドレスを主に扱う服飾店でした」

「そうなの。でも、どうしてお店を畳むことになったんですの？」

「そ、それは、近くに人気のドレス専門店ができまして……」

途端にしどろもどろになる不動産業者に、潰れたんかい！　と心の中でツッコミつつも、大通りの店の多さを考えればそんなものかと一人納得していた。

業者はハンカチで額を押さえながら、「し、しかしですね」と必死におすすめしてくるので、とりあえずここに出店した時のことを考える。

子供用品店はこの世界初の試みだ。他店との差別化は十分できるので、ドレス店のように潰れることはないだろう。だが、長い目で見ると、類似品を扱う店はすぐ出てくるだろうし、そうなるとここの家賃は高すぎる。最初は利益を出せても、きっとすぐカツカツになるはずだ。

「わかりました。次の物件を見せていただいてもよろしくて？」

「は、で、ですが、こちらは人気物件でして、すぐに人に取られてしまうかもしれませんよ!?」

そんなに人気なら、必死におすすめしなくてもいいだろうに……。なにかあるのかしら？

「それほど人気なら仕方ないですわ。さぁ、次を案内してちょうだい」

「そ、そんな……っ」

不動産業者は絶望したような顔で項垂《うなだ》れた。

なんでそこまで？　もしかして、事故物件だったりするのかしら。

「……なんですの？　もしかしてこちらの物件、どなたかが亡くなったとか、幽霊が出るというようなにかがありますの？」

「そ、そんなことはございません！　ございませんが……」

なに？　やっぱり幽霊!?

「申し訳ございません!!」

突然、床にはいつくばったので、ぎょっとしてつい後退《あとずさ》りしてしまった。

なになにナニ⁉　不動産業者が土下座し出したんだけど。コレ、傍《はた》から見ると私が土下座させてるみたいじゃない？

これで、公爵夫人は悪女だって噂が広まったらどうするのよ⁉

「実は、こちらの物件は曰《いわ》く付きと言いますか、その、出す店出す店全てが潰れてしまうのです‼」

「なんですって⁉」

「しかし、貴族街の大通りに空き店舗があるなど許されませんっ。公爵様からもできるだけ早く埋めるようにとのお言葉があり、しかし借り手もなくて……。そこへ公爵様の奥様が出店されると耳にし、ならばと！　申し訳ございませんでした‼」

つまり、公爵様からプレッシャーをかけられてて、なら奥さんが責任もって借りてくれや、ってこと？

「そんな不良物件、たとえ旦那様に言われても借りませんわよ」

「そ、そうですよね……」

しおしおと小さくなっていく業者に多少同情を覚えるが、損するとわかっていて高い家賃を払い借りる者はいない。

「そうだっ。は、半額に致します！」

馬鹿野郎。絶対潰れる店なんてタダと言われても借りんわ！

「だ、ダメ……ですよね」

私の冷たい視線に業者はガックリと肩を落とす。「とにかく立ちなさい」と業者を促《うなが》すが、立ち上がる気力もないようだ。

このままでは、変な噂が立つじゃないか。

「どうしてこの物件だけ……」

今にも泣き出しそうな声で呟く業者を慰めることもできない。

「……以前のドレス専門店は、人気店と比べてデザインが良くなかったのかしら？　それとも経営が下手だったとか」

事故物件とか幽霊が出るとかでないなら、潰れるにしてもそれなりの理由はあるはずだ。

なんとなしに口に出した言葉に、業者がピクリと反応する。

「いえ、そんなことはございません。実際、ここに来る前までは大変な人気店でして、店が手狭になったからと、ここに出店したのです。ですが、出店した途端パタリと客足が止まり……」

人気店だったのに、ここに来た途端お客さんが来なくなった？

「不思議なことに、元の場所に戻るとまた、客足が戻ったようで……それ以前にもこちらを借りた皆様が同じような状況なのです」

「ちなみに、ドレス専門店の前のお店はなんでしたの？」

「香水を取り扱うお店です。高級バッグや御婦人用の靴のお店なども以前は入っておりました」

ここは貴族街だから、当たり前だけど貴族が好みそうなお店ばかりね。

だけど、立地は悪くないと思う。貴族街の大通りに面しているし、両隣は紳士ものの服屋と日用雑貨のお店、向かいはワイン専門店と茶葉のお店だわ。どこもお客さんで賑わっているみたいだし、ここだけ客足が途絶えるなんて考えられない。

本当に呪われてるとか？

今まで潰れた店の共通点は、元人気店だったってこと。他には……ああ、女性が通うお店だってことね。う～ん。女性客の多いお店は向かないってこと……？　でも、隣の日用雑貨店も、向かいの茶葉やワインのお店にも、女性客の姿はあるし……

店舗の入口にある窓から外を見ていると、さっきから主人のお使いらしきメイドが店に出入りしているのを多く見かける。それに、貴族街だけあって目の前の道路を馬車が行き交い忙《せわ》しない。

「馬車が多いわね」

「あ、はい。やはり貴族の方々は馬車での移動が常ですので。特にこの通りは多いですね」

「そうね……。ん？　馬車……。メイドに女性のお店、そしてドレス……」

なるほど。そういうことか！

駐車場のない大通り沿いは、常に馬車が行き交っていて、店の前に停めることは当然できない。そして貴族の女性は、重いドレスに高いヒールの靴を好む。つまり、離れた場所に馬車を停めたとしても、歩いてこの場所に来るなんてあり得ないのだ。

実家が貧乏で歩くのが普通だったから気付かなかったわ！　さっきも歩いてここまで来たし。

日用雑貨店やワイン、茶葉は男性や使用人が買いに来るから繁盛しているが、ドレスなどの身につけるものを使用人任せにすることは少ない。

高位貴族であれば、外商という手もあるが、多くの貴族はお店に直接買いに来るのだ。

「近くの人気ドレス店は、もしかして角地に建っているのではなくて？」

「あ、はいっ。確かに角地に建っておりますが……」

ということは、馬車通りが少ない路地に馬車を停められるのだわ！

だから客足が途絶えることもない。

あら？　だったらこのお店に駐車スペースを作れば、お客さんは来てくれるんじゃない？

確か店の裏は庭になっていたわね。大通りから一本入った道に面しているから、柵を取って庭を駐車場にしてしまえばいいんじゃない？　あとは、スタッフ専用ですと言わんばかりの裏戸を、VIP専用に整えれば……。今なら家賃も半額だわ。

「ねぇ、このままじゃここは、借り手もないのよね」

「そ、そうです……」

「そうねぇ……条件次第なら、わたくしが借りてあげてもよろしくてよ」

「条件、でございますか？　あ、あの、こちらを借りていただけるならいかような条件でもお呑み致します!!」

よし、かかった！

「では、家賃は半額ではなく、三分の一にすること、そして大規模な改装も許可していただけるかしら」

「さ、三分の一ですと⁉　そんなっ。こちらは貴族街の大通りに面しておりますし、広さも設備も十分……っ」

「でも、お店はことごとく潰れていますのよね。そんなところに、お金を出せると思っていらっしゃるの？」

「ヒィッ」

「まぁ、その条件を呑めないのなら他を……」

「呑みます‼　その条件でお貸ししますので、どうかよろしくお願いいたします！」


というわけで、二軒目、三軒目を見に行くことなく、好条件で店舗を契約できたのである。

駐車場と裏戸の改装には三ヶ月程度かかるそうなので、その間はお店で売る商品を作ることに専念しようと思っている。一応、今のところ決まっているのは、絵本と積み木の二点だけ。そして、建築業者に作ってもらう予定なのが、ジグソーパズル、立体パズルである。

そう、パズルだ。

試作品として、私が木の板に描いた絵をジグソーパズルにしてもらったものと、色んな形を切り抜いて嵌《は》め込むものを作ってもらった。そして、まだできてはいないが、キューブ型の立体パズルの製作も頑張ってもらっている。パズルに関しては、いずれも出来が良く、あとは貴族用に色を付け、豪華な装飾を施《ほどこ》せば完成するだろう。

しかし、問題は子供用食器だ。父に手紙を出して一週間が経つので、そろそろ返答があってもいい頃ではないか。

ああ、早く樹液のサンプルが欲しい。

と思っていた矢先に、どうやら実家から公爵家に先触れがあったらしい。

「明日、奥様のご実家であるシモンズ伯爵家より、オリヴァー様がお越しになられるようです」

夕食前、ウォルトから聞いた知らせにギョッとした。

弟が、よりにもよって公爵様のいらっしゃるこの時に、やってくるですって⁉

◇　◇　◇

「お姉様、式の日以来ですね。御息災でしたか」

公爵家のものとは比べものにならないほどショボい馬車で屋敷にやってきた弟が、使用人の多さにビビりながらも挨拶する。

「ええ。久しぶりですわね、オリヴァー。元気そうでなによりですわ」

「はい」

一見不機嫌そうな弟だが、実はお年頃によくある、会えて嬉しいのに照れて素直になれないアレである。その証拠に、さっき私の姿を見た途端嬉しそうに表情を崩し、その後恥ずかしくなって不機嫌そうな顔になっていた。

「お父様もお元気でいらっしゃるかしら」

「はい。変わりなく過ごしています」

「そう、良かったわ。サリーも久しぶりね」

弟の後ろに控えていた侍女のサリーは、相変わらず無表情ではあるが、小さい頃からの仲なので顔を見るとホッとする。

「お久しぶりでございます。お嬢様は……以前より肌艶がよろしいようで、なによりでございます」

なにしろ奥様エステ隊なるものがいるのでね。あと、食材が豊富で栄養も偏《かたよ》りなく摂《と》れているからだろう。

「さぁ、中へ入ってちょうだい」

二人を屋敷の中へ案内しようと振り返った瞬間、公爵様の姿が目に飛び込んできた。何度見ても美形なのがイラッとする。

「まぁ、旦那様……」

「……オリヴァー殿、久しぶりだな」

視界に入っていないかのように私をスルーし、弟に声をかける。いつものことだが、それはないでしょう。

「ディバイン公爵、結婚式以来です」

「隣の領地とはいえ、長時間の移動でお疲れだろう。ゆっくりしていくがいい」

「ありがとうございます」

あら、そういう挨拶はちゃんとできるのね、公爵様。

しかしすぐに去っていく後ろ姿を見ると、女性嫌いというより人間不信なんじゃないかと思う。

「はぁ……。やはりディバイン公爵は迫力がありますね」

公爵様が去っていったことにホッとしている弟に年相応の可愛さを感じて、つい頭を撫でてしまった。顔を真っ赤にして手を払い除けられたけど。

その後使用人が一旦客室に案内するというので、お茶の約束をして部屋に戻り、やっと一息ついたのだった。

公爵様が弟を追い出さなくて良かったわ。

「――それで、お姉様はこんなものをなにに使う気なのですか？」

蓋《ふた》の付いた壺を机の上に置き、怪訝そうに見てくる弟に、にっこり微笑んで壺を引き寄せる。

「ちょっと実験をしようと思っているの」

「は？　あのお姉様が、実験……」

「これが成功すれば、我が家、いえ、シモンズ伯爵領は利益を生むことができるかもしれないのよ」

「我が領が利益を⁉　おね、お姉様！　なにか悪いものでも食べたのですか⁉」

失礼ね。確かに今まで利益どころか、どう贅沢するかしか考えてこなかったけど、前世を思い出して考えが変わったのよ！

「言っておくけど、ここではいいものしか食べてないわよ」

「慣れないものを召し上がったからおかしくなったのですね」

サリー、あなた相変わらずのようね。

「とにかく、これはシモンズ伯爵家の未来を左右するものなのよ！」

なに言ってるんだコイツ、というような冷ややかな目を向けられるが、前世を思い出すまでの振る舞いが酷かったから仕方ない。

「もしかして、貧乏な生活が恋しくなってその樹液を食べるつもりじゃ⁉　お姉様、さすがにそれは……、身体に害はないとはいえ食べられたものじゃありませんよ！」

「知っていますわよ！　食べるわけがないでしょう！」

しかし、オリヴァーもサリーも私なら食べかねない――そんな目をしていた。

「おかぁさま」

そこへ、ノアが扉の陰から顔をちょこっと覗かせて私を呼んだ。オリヴァーとサリーが目を見張る。

「お母様？」

ノアの言葉にオリヴァーがピクリと反応した。

「ノア様、そちらはお客様がいらっしゃいますので、近付いてはいけません」

慌ててやってきたカミラが、ノアを連れていこうと抱き上げる。だがノアは、「おかぁさまと、あそぶ」と珍しく駄々をこね出したではないか。

「お姉様、あの子供は……」

「カミラ、大丈夫よ。ノアをこちらへ連れてきてちょうだい」

「え？　ですがお客様が」

今度は扉の陰からひょっこり出てきたメイドに困惑する弟だが、カミラの腕から抜け出し嬉しそうに駆けてきたノアを見て、ハッと息を呑んだ。

「おかぁさまっ」

私の足にぎゅっと抱きついたノアが愛おしすぎて、膝の上に抱き上げたあと、つい撫でくりまわしてしまったわ。

「さぁノア、叔父様にご挨拶いたしましょうね」

「おじさま？」

「そうよ。この子はノアの叔父様。オリヴァー叔父様ですのよ」

「お姉様、その子供はもしかして……」

こちらを見上げて首を傾げるノアと、公爵様の息子だと気付いたオリヴァーを対面させ、「はい、ご挨拶」と促《うなが》す。

「こ、公子様、はじめまして。僕はオリヴァー・ルーカス・シモンズと申します」

幼児に慣れていないためか、オリヴァーは椅子から立ち上がるとギクシャクと腰を折る。どうやら少し緊張しているようだ。

「こんちは。ノア……、ノアともぉちましゅ」

丁寧に挨拶しようとしたらしく、言葉を噛んでしまったノアも大変愛らしい。

「よくできました」

頭を撫でてあげると、嬉しそうに「ごあいしゃつ、できた」と笑うのでキュンキュンした。

「お姉様が……子育てしている……」

「やはり贅沢品を食しておかしくなったのでしょうか」

だから違うって!!


「お嬢様、樹液を小皿に取り分けました」

「ありがとう、サリー」

サリーが机に置いてくれた小皿の中には、ほんのり淡緑色を帯びた、白い接着剤のようなトロみのある樹液が入っていた。

あの木の板には冷やしたら固まるって書いてあったわね。

凍らせない程度に冷やせばいいのかしら?

「奥様、またなにか始められるんですか?」

ノアとオリヴァーが積み木で遊んでいるのを見守りながら、チラチラこっちを気にしているカミラに「できてからのお楽しみですわ」と返事をしておく。

「さすが公爵家だ。こんなおもちゃがあるなんて!」という驚きの声と、「おじさま、ノアのちゅみきする?」という叔父を気遣う幼児の声が聞こえてきて面白いが、今は実験に集中しなくてはならない。

「では、始めましょうか」

小皿に入った樹液に手をかざし、魔力を掌《てのひら》に集めると、冷蔵庫の冷気で小皿を包むイメージを思い浮かべる。すると周囲の温度が明らかに下がり、ふわりと冷気が拡がった。

私はこの生活魔法を人間冷蔵庫と呼んでいる。

小皿の中を覗くと、確かに固まっている感じだ。先程と違うのは、淡緑色を帯びていたそれが真っ白に変わり、艶《つや》が出ているところか。

見た目は白磁《はくじ》に近い気がするわ。とてもプラスチックには見えない。

小皿を持ち上げひっくり返すと、ツルンと固まった樹液が落ちてきた。

「あっ」

そんな簡単に取れると思っていなかったから、咄嗟《とっさ》に手を出しても間に合わず、机にカツンッとぶつかって転がり、そのまま床に落ちていく。

割れる！

想像して身をすくませたが、散らばった様子はない。

「あら？」

「落としたのに割れませんでしたね」

サリーが机の下から樹液の塊《かたまり》を拾い、私の前に置いてくれた。

「そうね……」

傷一つないそれは、持ってみると驚くほど軽く、まさにプラスチックのような、いや、プラスチックよりも優れた素材だった。

第四章　伯爵家の危機

あれから二日間かけ、実験を繰り返した結果、パブロの木の樹液は、プラスチックよりも大分優秀だということがわかった。軽さもだが、一番は強度だ。どんなに投げても、踏んでも、傷つくとも割れることもない。そして固まったあとなら熱を加えても溶けないし、冷やしても割れなかった。液状なので型さえあれば形も自由自在だ。

想定外だったのは、冷やして固まるなら、逆に熱した場合どうなるかと考え実験した結果である。なんと、透明度のめちゃくちゃ高いガラスのようなものに変わったのだ。しかも冷やした時と同じように軽く頑丈だった。これでガラスの代わりだけでなく、色々なものをコーティングして、壊れにくくすることが可能になった。

色付けに関してももちろん実験したが、固める前もあとも問題なくでき、固めたあとなら絵付けも可能だった。絵の具やインクの上からコーティングして加熱すれば定着剤も必要ないし、元々口にしても安全な樹液なので、食器を作るにはちょうどいい。難点は、一度固まると二度と他の形にはできないということ。そして壊すことが難しいので、どう処分すればいいのかわからない、という問題だった。

しかし、処分に関しては、スライムが食べてくれることが発覚し、なんとか解決した。どうやらスライムの体液がこの素材を溶かすらしい。

パブロの樹液からできた新素材は、その陶器のような見た目といい、その耐久性といい、とんでもないポテンシャルを秘めたものだった。

「これで食器が作れますわね」

「お姉様、なにを言ってるんですか！　これは世紀の大発見ですよ⁉」

「オリヴァー、残念だけどこのことはすでに木の板に記されていましたのよ。だから世間には知られていると思うわ。熱して固める方法以外は」

「木の板、ですか？」

なんですかそれ、と問われたので、公爵家の図書室にあった木の板について話すと、オリヴァーもサリーも眉をひそめているではないか。

「お嬢様、木の板は庶民しか使用致しません」

「ええ。知っていてよ。だから庶民の学者なのよね」

「お姉様！　だからあれほど常識を学んでくださいと言ったじゃないですか‼」

え、なに？

「お嬢様、学者の資格を持つ者は、国の機関に所属することになります。もちろん庶民であっても変わりません。そこでは支援金や筆記用具等も支給されます。もちろん羊皮紙も」

「え⁉　じゃあ木の板に書いてあったアレは……」

「一般庶民の落書きでしょう」

ふぇエエエエ⁉

「大体、学者が発表したことを父上が知らないはずありませんよ！」

「確かに。知っていたら今頃ウチの領地はお金が入れ喰い状態……」

「いえ、ウチのような弱小貴族は国に目をつけられて領地を取り上げられ、辺境伯に叙爵《じょしゃく》されて辺境に送られるのがオチです」

「え」

「お嬢様のおっしゃるとおり、シモンズ伯爵家の将来を左右する問題に直面致しましたね」

サリー‼

知らないうちに、シモンズ伯爵家が危機に瀕《ひん》していた。私のせいで。

「ここはひとつ、素材については秘匿《ひとく》して、食器だけ作って売るのはどうかしら。他に漏れないよう、シモンズの人間だけで作るのよ」

「そうするしかありませんよね……。しかし、それでは領地を潤すほどの収入には程遠い。いや、使用人の給与は出せるようになるから、それだけでも助かるか……」

オリヴァー……。あなた、若いのに苦労してるのね。

「少量生産で希少性をアピールするのよ。そうですわね……、シリアルナンバーを入れて、より価値のあるものにしてしまえば高く売れますわ。あ、子供用食器だけはわたくしのお店で独占販売させてくださいましね」

「しり、あるなんば？」

「あら？　シリアルナンバーを知りませんの」

オリヴァーもサリーも首を傾げ、「なんですか？　それ」と聞いてきた。

シリアルナンバーくらいはこの世界にもありそうだと思ったのだけど、そうではなかったようね。

「シリアルナンバーというのはね、例えば、お皿を枚数限定で作ったとするわ。その五十枚に、五十分の一、五十分の二、というように番号を付けますの。主な目的は製品を特定するためだけれど、もう一つ。世界中で自分だけが五十枚のうちの一枚を持っているという特別感も出るのです。人はこの特別感に価値を見出すものだから、少数生産の場合はとても有効なのですわ」

「なるほど。お姉様も限定品には弱いですしね」

一言余計ですわよ。

「とにかく、その方向でやっていきましょう」

「お待ちください。お嬢様」

弟と頷き合っていると、サリーから待ったがかかる。相変わらず無表情なのだが、どうしてか困っているように見えた。

「現状、シモンズ伯爵家には食器を生産するような人手はございません。私ども使用人がいくつもの仕事をかけ持ちしておりますことは、当然ご存知かと思いますが、そこに食器製作という仕事を入れてしまった場合、旦那様と坊っちゃまのお世話ができなくなってしまいます」

「っ⁉」

「食器づくりなら僕が」

「坊っちゃまはアカデミーに通われておりますので、そのようなお時間はございません。もちろん旦那様もお仕事がございます」

「かといって、我が家に人を雇う余裕はないし、雇ったとしても情報漏洩の問題が……」

まさに金のなる木が領地に生えているというのに、それを活用できない実家の有様が泣ける！

「ですので、ディバイン公爵にご相談なさってはいかがでしょうか」

そういえば、オリヴァーもサリーも私たちが仮面夫婦だなんて知らないんだったわ。

「ディバイン公爵であれば、皇帝陛下もそうそう手出しできないはずでございます。そのようなお方がお嬢様の旦那様ですので、利用……ゴホンッ、活用……いえ、お力添えいただいたらよろしいのではないかと愚考致します」

あの男が私を助けてくれるわけないでしょう⁉　きっと、「何故私が君に力を貸さねばならない」って冷ややかな目で見られて終わりよ！　なにせ息子にも、「何故私が会いに行かなければならない」って言った人ですからね‼

が、そんな私の思いをよそにオリヴァーが目を輝かせる。

「そうでした！　信じられないことにディバイン公爵はお姉様の夫です！　もし公爵のお力をお借りできれば、堂々と領地の産業にできます。そしたらウチの領地は貧乏から抜け出せるんだ！」

無理無理無理無理無理ムリィィ‼　あの人女嫌いだから！　一蹴されて終わっちゃ…………ん？　女、嫌い……？　それだ‼

「旦那様にお話、でございますか」

ウォルトを捕まえて公爵様にお話があると言うと、少し間をおいて「かしこまりました。お時間を作っていただけるようお伝えします」と返ってきた。

自分の夫に会うことが、一番難易度が高い気がするわ。

しばらくするとウォルトが戻ってきて、「旦那様がお会いになります」と言って執務室まで案内してくれた。

実家の未来がかかっているので失敗するわけにはいかない。

気合いを入れて、執務室へ足を踏み入れた。

初めて入ったが、そこは意外にもシンプルで、落ち着いたブラウンを基調にコーディネートされていた。

もっとこう……寒色系で統一されていると思っていたわ。氷の大公だし。

「話とはなんだ」

挨拶をする間もなく冷たく問われる。

「あ、お忙しいところお時間をいただきありがとう存じますわ。その、二人きりでお話ししたいのですが……」

チラリとウォルトを見ると、公爵様は滅茶苦茶嫌そうに顔をしかめた。

「……聞かれてもよろしいのであれば、わたくしは構いませんが」

「いい。ウォルトは昔からいる使用人だ。私のことはなんでも知っている」

女性と二人きりになるのはどうしても避けたいのね。

「そうですか。では、この際ですからはっきり言わせていただきますわ」

私の勢いに、なにを言う気かと息を呑むウォルト。一方、公爵様は冷ややかな視線のままだ。

「旦那様のこれまでの態度と行動からするに、女性が苦手なのではないかと推測しておりますわ」

「ふんっ、妻も子もいる私が、女が苦手だと？」

馬鹿にしたように鼻で笑い、認めようとしない。

そうよね。大の男が女性に触れられないとか、バカにされるどころじゃないわ。公爵家当主が女嫌いだなんて、家門を震撼《しんかん》させる大事だもの。

「わたくし、それは別によろしいのです。むしろわたくしは、妻という仕事で雇われた使用人として、旦那様にお仕えしていると考えておりますの」

そう、出稼ぎに来たと思ってるわ。

「なに……？」

「わたくしは、こちらでの立場をはっきりさせておきたいと考えております。ですのでお互いの立場を明確にする、魔法契約をさせていただきたいと思っておりますの」

魔法契約とは、契約書のサインに互いの魔力をこめることで、絶対に契約違反ができなくなるというものだ。

とても便利に思えるが、この契約方法を使うことは滅多にない。なにしろ、違反した瞬間に死ぬのだから。

「奥様！　ご自分がなにをおっしゃっているのかおわかりなのですか⁉」

ウォルトが思わずといったように声を上げる。

「もちろんですわ。公爵様もその方が安心なのではなくて？」

公爵様が本当に女嫌いなら、こんないい条件を提示する妻と離婚したくないはず。離婚すればまた、皇帝から結婚相手を押し付けられるのだから。

期間が限られているならまだしも、魔法契約までして、これから一生接触しなくてすむ都合のいい女は、私くらいのものだろう。

「なにが目的だ」

公爵様の言葉に、私はにっこりと微笑んだ。

「条件は、絶対に離婚しないこと。そして、シモンズ伯爵家と領地を守っていただくことですわ」

「守る……？　シモンズ伯爵の領地は、あまり栄えていないだろう。それは、私にシモンズ伯爵領を維持する資金を提供しろと言っているのか」

険しくなる表情に怯《ひる》みそうになるが、ぐっと踏ん張り、微笑みを絶やさない。

「いいえ。お金を出せと申しているわけではございませんわ」

「ならば、なにをしろと？」

怪訝な表情を隠そうともしない公爵様に、訪問販売に来た業者のような気持ちになる。まるで閉まりかけたドアに、片足を突っ込む心境だ。

「皇帝陛下と皇族、そして他領の貴族から守っていただきたいのです」

「皇帝陛下、だと」

「はい」

頷くと、公爵様は眉間に皺《しわ》を寄せて黙り込んでしまった。サラリと顔にかかる黒髪が艶《つや》めいている。

「いかがでしょうか？　旦那様にとっても悪いお話ではないと思いますわ」

お願いだから、どうか断らないで！

内心のドキドキを表に出さないよう、必死に笑みを張り付ける。まさに氷のように冷え切った青い瞳が私を見据え、しばらく後――

「……わかった。魔法契約を交わそう」

「テオバルド様⁉」

ウォルトが、正気を疑うように叫んだが、公爵様の意思は変わらなかった。

●イザベル・ドーラ・ディバイン（以下、甲という）は、テオバルド・アロイス・ディバイン（以下、乙という）に対して、公爵夫人として従事する。
●甲は、乙に性的な接触をしてはならない。
●甲は、乙に許可なく触れてはならない。ただし、意図しない接触は除く。
●乙は、甲と離婚してはならない。
●乙は、甲とシモンズ伯爵家とシモンズ伯爵領を、皇帝陛下、皇族、貴族、その他害をもたらす全ての者から守らなければならない。

これが私たちが結んだ魔法契約の内容だ。

よし、これでやっと肝心な話ができるわ。

「旦那様、シモンズ伯爵家について大事なお話があるのですが」

「……なんだ」

居住まいを正し、話を始める。私の後出しに滅茶苦茶怪しんでいるようだけど、もうあとの祭りよ。契約はしてしまったのだから。

「こちらを見ていただいてもよろしいですか」

布に包んだ、二つの小さな塊《かたまり》を取り出す。五センチほどの立方体のそれをウォルトが受け取り、公爵様の前へと置いた。私と公爵様は机を挟んで座っているが、この机が大きすぎて直接渡せる距離ではない。多分女性対策に違いない。

「これは？」

「シモンズ伯爵領で作られた、新素材ですの」

「新素材だと？」

公爵様が手に取って興味深そうに眺める。

「どちらも同じ材料から作られたもので、なにをしても壊れない素材なのですわ」

「「は？」」

公爵様とウォルトの声が重なった。

「踏んでも蹴っても、投げても落としても、なにをしても壊れることはなく、軽い上に、固める前ならばどのような大きさにも形にもできますの」

自慢気に、「シモンズ伯爵領に多く自生している植物で作られておりますのよ。ホホホッ」と説明していると、「お、奥様！」と慌てたような声を上げたウォルトに話を止められた。

「奥様、今のお話は本当でございますか⁉」

「ええ。嘘なんて言うわけないでしょう」

なぁに？　与太話《よたばなし》とでも思ったわけ？　失礼ね。

「今の話が本当なら、とんでもないことですよ⁉」

「まぁっ、そんなに信じられないのでしたら、実際にそれを壊してみなさいよ。絶対に壊れないから」

公爵様の持つ樹液の塊《かたまり》を指差す。するとウォルトは「えぇ⁉」と慄《おのの》き、「そういうことではなくて」と言い訳を始めた。

そういうことじゃないなら、一体どういうことなのよ。

と、その時、目の前でゴウッと火柱が上がり、熱風が私の顔を撫でるように通り過ぎていった。

思わずぎょっとする。

「……ほぅ。この程度の火では溶けないか」

どうやら公爵様の魔法だったようだが、普通、火の魔法で火柱なんて上がらない。せいぜいガスコンロ程度の火が出るだけだ。

さすが、国で最強と謳《うた》われるほどの人材だわ。

「ならば、逆ではどうだ」

逆って、氷⁉ 待って！ 公爵様の氷って桁違いの威力なんじゃなかった⁉

「旦那さ……っ」

せめて外でやって！ と叫ぼうとしたが、一足遅かったようで、さっきの熱風とは比較にならない冷気が、一瞬で部屋中に拡がった。机も高級そうな絨毯《じゅうたん》も凍ってしまっている。恐ろしいことにそれは一瞬で粉々に砕け散った。

な、なにこれ……

「確かに傷一つついていないようだ」

公爵様の手の中にある樹液の塊《かたまり》は、凍ってはいるものの、その形を維持している。

「私の氷魔法を浴びると、形状を保つこともできず砕け散るはずなのだが」

次の瞬間、ゴウッと火柱が上がり、またしても炎に包まれた樹液の塊《かたまり》は消火後に床に転がされた。

「ぁの」

若干腰が引けつつも声をかけようとしたその時、公爵様が立ち上がり、壁にかけてあった剣を抜いた。

「ヒッ」

ガッ‼

私の引き攣《つ》った声と、塊《かたまり》に剣を突き立てた音が重なる。思わず涙が込み上げた。

「……君の言うことは、どうやら真実のようだ」

真実のようだ、じゃないから！　殺す気なの⁉　私を殺す気だったんですか！

「と、とにかく、シモンズ伯爵家は今後、この新素材を生産していきますわ」

「なるほど。これは確かに、あれが喉から手が出るほど欲しがりそうな素材だ」

あれって、皇帝陛下のことよね？　ディバイン公爵家と皇帝は水と油の関係だもの。強欲な皇帝は常に公爵様の命を狙っていたと『氷雪の英雄と聖光の宝玉』に描かれていたわ。

「そうだな……、この新素材の販売権をディバイン公爵家に渡すということであれば、シモンズ伯爵領に生産設備を整えてやってもいい」

「当然、売上の八割はシモンズ伯爵領のもの、ということですわね」

「七三だ。これでも譲歩しているんだぞ。後出し女」

後出し女ですって⁉

「あの……、奥様はすでにディバイン公爵家に嫁がれておりますし、離婚はしないという契約もなさっておりますので、七対三でもよろしいのではないでしょうか」

結局新素材の販売権はディバイン公爵家に渡すが、販売についてメインで管理するのは私ということで、折り合いがついたのだけど……

怖かったー‼　殺されるかと思ったわ！

公爵様との話を終えたあと、這々《ほうほう》の体《てい》で執務室を出て、壁を支えにしながら歩いていると、「おかぁさま、どぉしたの？　だいじょぶ？」と可愛らしい声がした。声の主はもちろん――

「ノア～！　わたくしの天使‼」

抱きしめてサラサラの銀髪を撫で、ぷくぷくほっぺをぷにぷにして癒やされる。

「ノアが、おかぁさま、なでなでしてあげる」

可愛いおててで頭を撫でてくれるノアに蕩《とろ》けそうになった。今からこんなに女性に優しいなんて、大人になったら一体どうなるの⁉

SIDE　テオバルド

「旦那様、この新たな素材は、陛下だけでなく、他国も動き出すような大事になります」

「……わかっている」

「戦争に、発展するかもしれません」

「だからこその魔法契約だったのだろう。我が公爵家が守るのなら、皇帝だとておいそれと手出しはできんからな」

「聡明な奥様でございますね」

「………………」

幼い頃から一緒に育った、幼馴染みでもある執事長のウォルトは、滅多なことでは人を褒めない。私ですら、ウォルトがこのような言葉を口にするところをほとんど見たことがないのだ。珍しいこともあるものだ、と思いながら新素材と言われるものに目を移す。

あの女は、これは固まる前ならば、自由自在に形状を変えられると言っていた。つまり、これの元は液状のものだということだ。どうやって固めるのかは知らないが、もしコーティング剤のように使用できれば、盾や鎧、あらゆる武器なども壊れないということになる。そうなれば……

「テオバルド様、そのように難しく考えずとも大丈夫だと思いますよ」

「……」

「あの奥様ならば、案外面白い方に転がるかもしれません」

ウォルトのようにあの女を信用することはできないが、契約はすでに結んだのだ。精々利用させてもらおうか。

◆　◆　◆

「オリヴァー、サリー。公爵さ……旦那様からシモンズ伯爵家と領地を守るお約束をいただきましたわよ！　魔法契約も結んだので、裏切られることはありませんわ！」

ノアで癒やされたあと、私はオリヴァーたちに公爵様との話をかいつまんで伝えた。

「――ということで、詳細は後日お父様とお話ししたいとのことで、お父様に宛てたお手紙をいただきましたわ。まずは公爵家の投資という形でシモンズ領の設備を整えるのではないかしら」

お金は出さなくてもいいと啖呵《たんか》を切ってしまったが、結局出してもらうハメになりそうだ。

「お、お姉様！　そうであれば僕はすぐにでも父上に手紙を届けねばなりません!!　サリー、帰る準備をしてくれっ」

「坊っちゃま、それはよろしいのですが、帰る前にお世話になった公爵にきちんとご挨拶をしなければなりません。そして、旦那様はここで起きたことをなに一つご存じありませんが、勝手に話を進めてしまってよろしかったのですか？」

「「あ」」

サリーの言葉に、弟と顔を見合わせてしまった。

まぁ、お父様のことだから怒りはしないでしょうけど……

「そうよね。お父様にはわたくしも手紙を書きますわ。オリヴァーはきちんとお話をして、理解を得るのですよ」

「は、はいっ」

「それと、旦那様が今日の夕食をオリヴァーとご一緒したいのですって」

◇　◇　◇

実家も広さだけはあったが、それとは比べものにならないほど立派なダイニングルームに、私、ノア、オリヴァーが座っている。サリーとカミラはそれぞれの主の後ろで待機しており、もちろん私の後ろにも侍女がいる。

この家の主はまだ来ておらず、私たちは緊張感の中でただただ無言になっていた。

「おかぁさま……ノア、おなかね、くぅくぅよ。しじゅかにならないの。どぉしよ……」

そんな中、申し訳なさそうに、小さな、小さな声で呟いた息子に胸がキュンとする。

「そうよね。お父様ももうすぐいらっしゃるとは思うけれど……、飲み物だけでも先にいただきましょうか」

マナー違反ではあるが、小さな子だし大丈夫だろう。なにか言われても私が許可したのだと言えば問題ないと思う。

「カミラ、ノアに飲み物だけ持ってきてもらえるかしら」

「はい、かしこまりました」

飲み物を取ってきてもらってしばらくあと、やっと公爵様がやってきた。

ノアは飲み物をこくりこくりと飲んでいる。弟は大丈夫かなとオリヴァーの方を見ると、緊張してガチガチだ。十三歳の男の子からすれば、氷の大公と呼ばれるほど鋭利な冷たさを持つ大人の男は、それはそれは怖いものだろう。

席に着いた公爵がふとこちらを見てノアに気付き、言った。

「何故ソレがいる」

…………ハァァァァァン⁉

「ソレ……？　ソレってなんですの？」

もし私の握力がゴリラ並だったなら、きっとこのテーブルは粉々になっていただろう。

それくらい、テーブルの端を強く握りしめていた。

「ソレはソレだ。私が招待したのはオリヴァー殿だけだったはずだが？」

公爵様は悪気のない顔で淡々と言い放つ。

このクソ男、殴ってもいいかしら？

「もしかしてソレって、この飲み物のことですか？　でしたらわたくしが頼んだものですのよ」

この世の怨念《おんねん》を全て集めたかのような目で公爵様を睨むと、「……そうか」とボソッと呟き、その後はなにも言わなくなった。

勝ったわ。

こうして食事が始まったのだが――

「新素材は、最近開発されたのか」

「シモンズ伯爵領で多く自生する植物とは」

など、怒涛《どとう》の質問攻撃にオリヴァーはたじたじだ。

公爵様ってこんなに喋《しゃべ》る人だったのね……

「ノア、美味しい？」

ゆっくり食べ物を口に運び、一生懸命咀嚼《そしゃく》しているノアについ構ってしまう。ノアはよく噛んでコクンと呑み込むと、「おいちぃ」と笑う。

この先どんなイケメンが来ても、きっとノアにしかキュンとできないわ。

「おかぁさま、ノアのしょっき、いちゅできるの？」

私たちの話を聞いていたのだろう。新しい食器を楽しみにしているらしい。

「フフッ、もうすぐできますわ。とっても軽くて丈夫な食器ですわよ。楽しみにしていてくださいましね」

「あい。ノア、かみちばいのえのしょっき、いいの」

ノア君、それはちょっと、公爵家の晩餐用には色々とマズいかもしれないわ。

第五章　立体パズル

「奥様、例の工務店から手紙が届いております」

オリヴァーが伯爵家に帰った翌日、私付きの侍女から手紙を渡された。すぐに開いて、中を確認する。

『立体パズルが完成しました』

「まぁ！　早速工務店へ行かなくてはなりませんわ」

ウキウキと準備を始める私に、侍女が「それと……」と話を続ける。

「絵師の手配ができましたと、執事長より伝言です」

ウォルトに明日以降に絵師に会うと告げ、工務店に足を運んだ。


「素晴らしい出来だわ！」

木製のキューブパズルを手に取り、じっくり眺める。丁寧に作り込んであることに感心する。本当に素晴らしい出来だ。

バラバラにして、色んな形に変形させられるこのパズルは、きっと子供たちの空間認識能力を高めるはずだわ。

「ウチも面白くなっちまってな、色んな形のもんを作ってみたんだが、どうだ」

そう言って店主のイフが取り出したものを机に並べ出す。

そこには、丸や三角といったシンプルなものから、花や宝箱といったまるでアートのような立体パズルまで勢揃いしていた。

「まぁ!! なんて素晴らしいの。まるで芸術作品のようですわっ」

「ありがとうよ。こっちの宝箱なんかは苦労したぜ。あまり大量にゃ作れねぇが、売りもんになりそうかぃ？」

「もちろんよ！　お花や宝箱は限定商品にしましょう！」

「助かるぜ」

「では、こちらのシンプルな形を……そうね、とりあえず五十ずつ、雨季の間に作っていただくことは可能かしら？　宝箱とお花は、十は欲しいのだけれど……」

「そうさな……。平面の『じぐそーぱずる』もそれなりの数がいるんだろう？　まぁ、すぐにその数を納品ってわけじゃねぇなら、雨季が明けるまでにゃあ余裕で作れる」

まずは貴族の子供をターゲットにするのだし、もし数が足りなくなっても受注生産にすれば問題ないだろうと考えて出した数だけれど、それでも工務店の負担にならないかが心配だった。

店主は快く引き受けてくれたし、良かったわ。あとは……

「でしたらお願いしたいわ。それとあなた、金型《かながた》を作ってくださる腕のいい職人はご存知かしら？」

工務店の店主であるイフに、金型《かながた》職人を紹介してもらい、時間があったのでそっちにも寄ることにした。やってきた金具屋さんでイフからの紹介状を渡すと、あっさり話が通り、食器類の金型《かながた》を作ってもらえることになったのだ。

これで食器は大丈夫ね。

上機嫌で工房を見学していると、ふと気付く。

色んな形のブロックの金型《かながた》を作ってもらったら、樹液で小さなブロックのパーツができるんじゃないかしら。前世でもあったあのブロックおもちゃが！　組み合わせてお城を作ったり、街を作ったりとできるだろう。そうね……、おもちゃのブロックだから、トイブロックという名はどうかしら！

「まぁ！　わたくし思いついちゃいましたわ!!」

私の声に工房にいた人たちが肩を揺らしたことなど些細《ささい》なことだろう。早速木の板に図面を書き起こして渡すと、「こりゃ一体なんに使う型だ？」と食器の時と同じ反応をされたが、頼みましたわよと強引に押し付けて店を出た。

「奥様、そろそろお屋敷に戻られますか？」

後ろから付いてくる侍女が暗に戻る時間を知らせてくれる。

「そうね。帰ってノアにパズルを見せてあげなきゃいけないものね」

そう言うと、侍女は「ぱずる？」と首を傾げる。

ノアは喜んでくれるかしら。

息子の反応に期待しつつ、馬車に揺られて帰路についたのだった。

◇　◇　◇

「おかぁさま！」

邸《やしき》に戻るとすぐ、ノアがトテテテ走り寄ってくる。

最近かけっこもできるようになってきた息子に、子供の成長の速さを感じるが、邸《やしき》の中で走るのはマナー違反なので、カミラに伝えておかなければならないだろう。

「こーら、邸《やしき》の中で走ってはいけませんわよ。それと、ただいま帰りましたわ。ノア」

「おかえりなしゃい。おかぁさま！　あのね、はちって、ごめんなしゃい」

くぅっ可愛い！

「きちんと謝ることができるなんて、偉い子ですわ。そんないい子にはお土産がありますの」

「おみあげ？」

ノアが喜んでくれる姿を想像しながら、侍女から立体パズルのサンプル品を一つ受け取り、これよ、とノアの小さな掌《てのひら》に置いた。

「おかぁさま、これなぁに？」

「フフッこれはね、こうやってバラバラにして、組み立てていくおもちゃですの」

「…………」

あら？　思ったより反応が悪いわ。立体パズルはノアにはまだ早かったかしら。

ノアは手の中のバラバラになったパーツをじっと見て、私の手にそっと返してきた。

やっぱり興味がないのね。残念だわ……

そう思って肩を落としていたら、今度は私の手から二つパーツを取り、組み立て始めたではないか。しばらく新しいパーツを手に取っては組み立て……といった動作が続き、元の形が見えてきた時、ノアの瞳が輝いていることに気が付いた。

まさかこれって、積み木の時と同じ……？

「できたぁ！」

簡単な型とはいえ、あっという間に元の形に組み立ててしまったノアは天才かもしれない。だってまだたったの三歳なのよ。

「おかぁさま！　これちゅみき？　ノアの、ちゅみきより、もっとむじゅかしぃの！　すごーい!!」

「すごいのはノアですわっ」

ぎゅっと抱きしめて頬擦りすると、キャッキャと嬉しそうに笑う。

期待どおり喜んでくれた息子の愛らしさで頭がいっぱいになっていた私は、重要なことを忘れていることに、この時はまだ気付いていなかった。

「えほんにつみき、ぱずるに子供用食器、あと、『といぶろっく』ですか？　お店で売り出すものが増えましたね！」

「そうでしょう。あとは赤ちゃん用に音の鳴るボールを考えているのだけど」

出来上がったサンプル品を前に、カミラと共に満足気に頷く。

パブロの木の樹液で作った食器は、クマさんの顔の形と、雲の形のお皿で、クマさんの方は外側が空色に、雲はポップな黄色で色付けされている。

さらに持ち手部分を樹液で作ったフォークとスプーンもある。こちらはお皿に合わせて空色と黄色で色付けしているが、販売するものには絵師に柄《がら》を描いてもらう予定だ。

そしてコップは、両手で持てるよう、持ち手を二つ付けた仕様で、同じように色付けしてある。これは透明バージョンも作っており、ストローを刺せるように穴のあいた蓋《ふた》も付けてある。もちろんストローも製作済みだ。

順調だわ。

そう思っていたその時——

「奥様のお店は、男の子専用のお店なんでしょうか？」

え？

カミラの言葉に思考が停止する。

「い、いいえ。男の子も女の子も来てほしいと思って……」

「どちらかというと、男の子が好みそうなおもちゃしかないように見受けられたので……」

確かに！　ノアが好みそうなおもちゃばかり作っていたから、見事に男の子寄りだわ！　もちろんパズルも積み木も絵本も女の子だって遊ぶけど、もっと可愛いものがないと女の子は喜ばないもの！

「なんてことかしら……。オープンまであと二ヶ月を切っているというのに、女の子が喜びそうなおもちゃがないなんて……」

女の子といえばなにかしら……。おままごとセット？　ダメダメ。貴族の子供に向けた商品だもの。お料理や育児の真似事なんてするわけがないわ。ならお人形遊びとか？　でもお人形にするには樹液の塊《かたまり》って硬いのよね……。ゴムのようなものがあればいいのだけど、それも二ヶ月じゃあ無理があるわ。

「あーっもう、なにかないかしら！」

パズルにハマってしまったノアを見守りながら、カミラと共に考える。

「そうですね～……。あ、貴族のお嬢様は着飾るのがお好きな気がします！」

「まぁ、そうね……」

変身セットとか？　いや、なにに？

大体、子供用の服をそう大量に、たった二ヶ月で作れるとも思えないし、よしんば作れたとしても、おもちゃ屋のウチがそんなことをしたら服飾店に喧嘩を売るようなものだわ。

「わたくしが出す店はおもちゃ屋ですもの。お洋服はさすがに…………ハッ！」

「奥様？」

「カミラ！　ありがとう!!　いいことを思いつきましたわ」

そんなやり取りがあってから二ヶ月経ち、雨季が終わった頃、ついにこの世界初の子供用品専門店がプレオープンを迎えた。

招待したのはディバイン公爵家の縁戚の、小さなお子様がいらっしゃる貴族の皆様、そして近隣の領地にお住まいの、同じく小さなお子様をお持ちの貴族の皆様、さらにディバイン公爵家が日頃お世話になっている商家の、小さなお子様をお持ちの皆様だ。いずれもお子様を連れてきてほしいと伝えてある。

事前にディバイン公爵家の名を使用して招待状を出しておいたので、必ず来るだろう。だってディバイン公爵家だもの。

このプレオープンは店の内容を微調整していくためのもの。だから皆の反応をしっかり見ておかなくちゃ。

「まずは駐車場からチェックだわ」

まだオープン前なのでガランとしている馬車置き場――前世と同じく駐車場と名付けたそこは、元庭だったとは思えないほど広い。

実は、両隣のお店のオーナーと土地の持ち主に相談し、三店舗の裏庭をぶち抜いて駐車場にさせてもらったのだ。もちろん費用はこちら持ちだが、馬車は自動車よりも大きいものが多い。バックもできないので、出入りするためにはより広いスペースが必要となる。この店の裏庭だけ駐車場にしても、結局停められるのは四台が限界だ。ならば、両隣も駐車場にしてしまえば、両隣のお店にもお客様が行くこともでき、損はしないと説得したわけだ。

駐車場の地面には矢印を書き、馬車の停め方を誘導することで、デッドスペースを出さずに停めてもらえるようにした。しかも出やすい停め方にできるよう配慮してある。井戸もあるので、馬に水をやることも可能だ。

そして、店に面しているエリアには大きめのカーポートも設置した。雨でもお客様が濡れずに店に入れるようになっている。

「今日は晴れましたけれど、庇《ひさし》の代わりになっていいかもしれませんわ」

「そうですね。いや、しかしこれはすごい！　地面に文字と矢印を書けと言われた時には驚きましたが、これなら確かに馬車の事故も防げそうですね！」

隣にいるのは、私が支援する絵師様の一人、アーノルドさんだ。私のアニメ絵を絶賛し、自身の絵にも取り入れる柔軟な思考の持ち主である。今日がプレオープンということで、自分がデザインした柄《がら》の食器やおもちゃに、どんな反応があるのか知りたい、という理由で手伝いに来てくれた。

駐車場の矢印や、一時停止の文字などもこの人が書いてくれたのだ。

「店側は、間違っても接触事故など起きないよう、配慮が必要ですわ」

「なるほど。イザベル様の発想は本当に素晴らしいですね」

アーノルドさんとそんな話をしつつ、お客様がやってくるのをドキドキで待つ。

さぁ、いよいよ私の店、『おもちゃの宝箱』の開店だわ！

駐車場に馬車が停まり、招待客の姿が見え始めた。期待と不安で心臓が早鐘を打つが、決して表に出してはいけない。

これは店でおこなうお茶会だと思えばいいのよ。お茶会なんて貴族の嗜《たしな》みだわ。落ち着くのよ、イザベル！

さぁ、馬車から降りてくる貴婦人たちとそのお子様に微笑みかけて、お出迎えだ。

「『おもちゃの宝箱』へ、ようこそいらっしゃいました」

私のお店『おもちゃの宝箱』は、裏口がまるで表玄関のように立派に改装されている。そこから店内に続く道程に、アーノルドさんたち絵師様の絵画を飾り、お客様専用の化粧室も作ってある。さらに、店内が見えるようパブロの樹液（透明）で囲った場所に休憩所を設置した。壁全体が透明な部屋など、この世界初の試みだろう。徹底的に貴族のご婦人を意識した豪華な造りになっている。そこを招待したお客様と一緒に通り過ぎると、いよいよ店内だ。

店に入ると、青空の描かれた天井と壁が最初に目に入る。そこに白い階段棚が付けられ、私の拙《つたな》い絵を絵師様が昇華してくれた様々な絵本や、絵画のように額に入れられたジグソーパズルがディスプレイされている。子供用品専門店なので、内装は子供が喜びそうな仕様にしたのだ。

正面玄関を入ってすぐのところには、大きな王冠の形をした棚があり、そこには手の平に乗るくらいのサイズの、ドレスを着た色とりどりのテディベアが並べられている。もちろん立体パズルや積み木も箱に入れられ、棚にセンス良く飾られている。

透明な休憩室の前には、フロアマット（本革仕様）を敷き詰めたキッズコーナーも作り、そこにトイブロックや積み木、絵本を置き、遊べるようにした。お子様連れのお客様が多くなると考えたからだ。

「まぁ！　可愛らしい店内ですのね」

「子供用品と伺っていたけれど、変わったものばかりありますわ」

「あちらはなにかしら？」

「それより、透明な壁のお部屋なんて初めて見ましたわ!!」

最初はあまり乗り気でなかったご婦人方も、店内を見て態度を一変させた。

子供たちは瞳をキラキラさせておもちゃを見ているが、貴族の子だけあって駆け出す子はいない。しっかり教育されているらしい。

「皆様、お子様はあちらのプレイルームで遊んでいただけますのよ」

キッズコーナーがあることを伝え、子供を遊ばせるよう促《うなが》す。

「プレイルーム？」

「こちらで取り扱っているおもちゃを置いてありますの。試しに遊んでいただくことができますわ」

「え、商品を？　子供たちに触らせてもよろしいのでしょうか……」

「ええ。プレイルームにあるおもちゃなら大丈夫ですわ。実際遊んでみなければ、どういったものかわかりませんでしょう」

私の言葉に戸惑っていた母親たちだったが、子供たちに行きたいとお願いされ、恐る恐るキッズコーナーへと連れていく。「これであそんでもいいの？」「どうやってあそぶの？」と次々上がる声に、母親たちがこちらを見る。

私はにっこり笑って、子供たちにおもちゃの遊び方を教えた。

子供たちがキッズコーナーで遊ぶ中、母親たちの興味を引いたのはやはり食器だった。一見、陶器のように高級感のあるものだが持ってみると軽く、そして割れないと聞いて目を輝かせているではないか。店員の説明を聞いては「まぁ！」と上がる声に、テレビショッピングみたいだと吹き出しそうになる。

「絶対買いますわ！」と言い切った奥様は、きっとお子様に高級なお皿を割られたんでしょうね。そんなことを思いながら、子供たちに絵本を読んであげたり一緒に遊んだりしているうちに、私も楽しんでしまっていた。絵本の読み聞かせは子供たちも初めてのことだったようで、皆興味津々で聞いていて、ノアが初めて紙芝居を見た時のことを思い出し、微笑ましくなった。

気付いたら招待客の接客は店員に任せきりになっていたけど、思いのほかうまく回っているようで安堵した。

「オーナー、これは予想を上回る売上です！」

閉店後、お金を数えていたスタッフが、驚きと喜色を滲《にじ》ませた表情で叫んだ。

プレオープンだったが大盛況で、結局ほとんどの方が食器を購入していった。おもちゃも、キッズコーナーで遊んだ子供たちにせがまれて買うことになったため、予想以上の売上になったようだ。

けれど、一番売れたのは――

「『お着替えテディ』の人気がすごいわ……」

お着替えテディとは、色んな色をした手乗りサイズのテディベアに、専用のお洋服を着せられるという、いわゆる女の子向けの着せ替え人形だ。さらに様々なデザインの洋服が別売りになっている。

雨季の時期は服屋も客足がまばらになるため、テディ用の洋服を作ってもらうことができた。テディベア本体は、孤児院で製作してもらった。そのため、ドレスはどれもクオリティーが高いし、テディベアは数を作ることができた。

ウォルトが、雨季には領民の仕事がなくなるという問題を少しだけ改善できたことを喜んでいたな、と思い出す。

「オーナー、大変です！」

集計表を見ていた私は、在庫補充をしていた店員の悲鳴のような声に、一体何事かと顔を上げる。

「商品が……、商品が足りません!!」

えぇーーーーー!?

本番のオープンまであと一週間。なのに、商品が足りないですって!?

「ざ、ざ、在庫は今、なにがどれくらいあるのかしら!?」

「積み木が二十、パズルが三十、立体パズルが三十二、絵本は人気の物語が五冊ずつ、食器類は各五十ずつと、お着替えテディにいたっては十を切ってる種類もあります!!」

全然ないじゃない‼

ヤバイわ。この分だとオープンの日に全て売り切ってしまって、翌日から店を閉めることになりかねない。

「オーナー、どうしましょう……」

どうしましょうって、どうしましょう……

「イザベル様、まだ一週間あります！　私が絵師仲間に声をかけますから、とにかく材料を用意しておいてくださいっ」

アーノルドさんが声を張り上げ、そのまま走って店を出ていった。

そ、そうよね！　とにかく紙とペンと絵の具に筆……、食器は樹液と金型《かながた》さえあればいくらでも増やせるわ。

「アーノルドがここに絵師を連れてくるから、二階のスタッフルームを作業場として使ってもらって！　あなたは今すぐウォルトに言って、絵本の材料を用意してもらってちょうだい。できるだけ多くね」

「「はいっ」」

スタッフや、私付きの侍女に指示を飛ばす。

「わたくしは工務店に行って、ジグソーパズルと立体パズルを増産できないか交渉してくるわ。お着替えテディに関しては随時作るよう伝えてあるから、数が揃い次第納品される予定よ。安心してちょうだい」

そうして各々が動き出した。

私も駐車場に向かって大股で歩く。はしたないけれど今は構っていられないわ。

裏口のドアハンドルに手をかけようとしたところで、外からノックされる音がした。

もしかして、もうアーノルドさんが帰ってきたのかしら？

随分早かったわね、と扉を開けると、そこにいたのは……

「イフ!?」

ちょうど会いに行こうとしていた工務店の店主、イフだったのだ。

「お、ちょうど良かった。お嬢様が出てくれてよ」

「それはこっちのセリフよ！　どうしてここに……」

「そりゃあ、おもちゃの納品に来たんだよ。あと、ちょいと相談があってな。つーか、なんかスゲぇ店だな」

なんて素晴らしいタイミングなの！

「入ってちょうだい！　納品数はどのくらいあるかしら!?」

「お、おう」

私の勢いにイフが若干引いているが、構わずこれから作業場として使用する予定のスタッフルームへと案内する。

「つみき、ジグソーパズル、立体パズルはそれぞれ二百ずつ追加で作ってきた。雨季が終わったんで、これが今年最後だ。荷馬車に積んであるから降ろしてもらってくれ」

それは助かるけれど、今年最後となると二百でも厳しいかもしれない。

なんとかならないかしら……

「あと、相談なんだが……」

「あ、ええ。なにかしら？」

「ウチの連中で、足を怪我しちまった奴らがいるんだ。で、そいつらに、この仕事続けさせちゃもらえねぇだろうか。他にも仕事にあぶれている奴らがいてよ……もちろん腕はいいから」

イフって神様かなにかかしら。

「もちろんですわ!! ちょうど、雨季以外でも続けてくれる人がいないか探していたのよ！」

「お、おぅ。そりゃ良かった」

「本当にね！」

これで色付けと装飾をすれば、パズルや積み木はなんとかなるわ。あとは食器を作って、こちらも色付けと柄入れよね。絵師様たちには死ぬほど働いてもらうことになりそうだわ……

こうして、本オープンまでの一週間。絵師様は腕を駆使し、私は樹液を固めるために魔法を駆使し、なんとか在庫を確保したのである。

「――皆様、大変な状況の中、本当にありがとう存じますわ。おかげさまで、無事オープンに漕《こ》ぎ着けることができました」

作業場と化したスタッフルームで、死屍《しし》累々《るいるい》に転がった絵師様たちに頭を下げる。まるで締め切り明けのマンガ家のような彼らに、侍女が軽食と飲み物を配っている。私と違い、ここに泊まり込んで頑張ってくれたのだ。給与は弾まなければならないだろう。

「皆様は隣の仮眠室でお休みくださいまし。皆様が心を込めて作ってくださった商品は、わたくしどもが一番魅力的に見えるように飾り、大切にしてくださるお客様にお渡ししますわ。本当にお疲れさまでした」

こうしてオープンしたお店は、プレオープンからの一週間の間に口コミで広まっていたらしく、駐車場が馬車でいっぱいになった。さらには貴族だけでなく、裕福な庶民の人たちも集まってきて、一時入場制限を設けるほどとなったのだ。

「あら、サーレント男爵夫人！」

「ディバイン公爵夫人、ごきげんよう。娘にねだられて、また来てしまいましたわ！」

「まぁ！　ありがとう存じますわ」

「どうしても、前に購入したお着替えテディのお友達と、お洋服が欲しいと言って聞きませんの」

などと、プレオープンの時に来ていた貴族も再訪してくれた。意外だったのは、ジグソーパズルや立体パズル、トイブロックに大人が食い付いたことだ。

そういえばこの世界、大人が遊ぶおもちゃもあまりないのよね。とはいえ、子供用品以外作る気はないし、大人のものは誰かが勝手に作るに違いないわ。

そんなことを思いながら、嵐のようなオープン初日を乗り切ったのだった。

SIDE　絵師アーノルド

絵師という仕事を選ぶ者は、基本的に貴族や商家の生まれが多い。

何故なら、とにかくお金がかかるからだ。筆や絵の具、絵を描くための紙。どんなに才能があっても裕福な身内や支援者がいないと食べていけない。実質無職と同じなのが絵師だ。

そんな中で私たちのような平民が絵師を志《こころざ》したとしても、支援者を見つけることすら困難だ。

そのため、捨てられたような中古の筆や絵の具をなんとか手に入れて、木の板や岩、家の壁に描くしかない。紙なんてとても手に入れられないから。

それでもやめないのは、絵を描くことが好きだからだ。

少ない収入のほとんどを、中古の絵の具に費やし、絵を描く日々。誰かに見せる機会すらも巡ってこないので、当然支援者も現れないまま時が過ぎていく。

転機は、庶民の暮らしぶりを知りたいと、私たちが暮らす地区にディバイン公爵が視察に赴《おもむ》いてくださったことだ。

公爵が、私の家の壁に描かれた絵に目を留めてくださったのだ。

その時は足を止めてしばらく眺めただけでなにもおっしゃらなかったが、その半年後、公爵家の執事を名乗る方が訪ねてこられ、畏《おそ》れ多くも公爵様の奥様に会ってほしいと言われて、そのままトントン拍子に支援を受けられることになった。

初めて奥様とお話しさせていただいた時には、失礼ながらとても変わった方だと思った。なにせ、支援金や画材とは別に、絵で生計が立てられるまで、安定した収入を得られる職を紹介してくださるとおっしゃったのだ。

普通、支援といえば、僅《わず》かな支援金と絵の具や紙などの道具をいただき、ご家族の姿絵を描かせていただいてその絵を買い取っていただいたり、お知り合いの貴族を紹介していただいたり、とその程度なのだ。しかし奥様は、違った。

今まで絵とは全く関係ない仕事でなんとか食いつないできたが、奥様から紹介された新しい仕事は『えほん』という貴重な本に絵を描いたり、食器の柄《がら》などを描くなど、少しでも絵に関われる仕事だと聞き、夢のようだと思った。しかしそれだけではなかったのだ。

一部の絵本は物語に沿ったものならば自由に描いても良く、食器も私が考えた柄《がら》にしたり色付けをしたりしてもいいという。さらに、自身でデザインしたものにはサインまで入れていいというのだ。

ディバイン公爵家の現当主は、領民をとても大事にしてくれるいい領主様だと聞いてはいたが、奥様も素晴らしい方だった。

そしてなにより素晴らしかったのは、見たことも聞いたこともない絵の技法を教えてくださったことだ。

この私が、絵画の新時代を開拓した『ポップアートの巨匠』と呼ばれるようになるなど、この時は誰も想像していなかっただろう。ただ一人、奥様を除いて。

SIDE　？？？

「シモンズ領で新たな素材が開発されただと？」

街を見下ろす丘に建てられたこの建物は、世界屈指の大きさと歴史、そして美しさを併《あわ》せ持つことでその名を馳《は》せる我が自慢の城だ。

特に『皇帝の間《ま》』は、城の中で最も高い場所にあり、全てを見下ろすことのできる朕《ちん》だけの特別な場所。そこで、この国最高の職人に作らせた椅子に座り、窓の外を眺めながら極上の酒を飲む。それが朕の最も好ましい時間だった。

――何故その心地よい時間に、小蝿《こばえ》の羽音のような声を聞かねばならん。

「はい。どんな魔法でも傷つけられず、外部からの衝撃に対しても壊れることがない、驚異的な素材です。しかも、シモンズ伯爵領にあるなにかがその素材の材料だとか……」

「ふんっ……、ならば製造方法ごと取り上げてしまえばいいではないか。伯爵は新たな素材を開発した功により辺境伯にでも取り立てれば文句は出まい」

そのような簡単なこともわからぬとは、使えん蝿《はえ》よ。

「そ、それが……」

「まだなにかあるのか」

はっきりせぬ態度に、朕の貴重な時間を台なしされたことに対する怒りが湧いてくる。

「は、はい……。その」

「はっきり申さぬか！」

この蝿《はえ》め、潰してしまおうか。

「ディバイン公爵家が事業に関わっているため、手出しは難しく……」

なんだと……!?

◆◆◆

『おもちゃの宝箱』がオープンして早三ヶ月。

お店は絶好調で、日々子供連れの親子が列をなしているらしい。らしいというのは、プレオープンと本オープンの初日に顔を出して以降は、スタッフ任せにしているからだ。ウォルトが手配してくれたスタッフは優秀なので、今のところ問題は起こっていない。

私はというと、現在パーティー用のドレスを仕立てるために、服飾店のデザイナーと打ち合わせ中なのだが……

「イザベル様はスタイルがよろしいですから、こういった大胆なデザインもお似合いだと思います」

そう言って、見せられたデザイン画に顔が引き攣《つ》る。ザ・悪役という感じの真っ赤なドレス、そしてガッツリ背中とデコルテが露出している。

「わたくし、あまり露出するタイプのドレスは好みませんの。旦那様もお好きでないと思いますし」

多分こんなドレスを着ていたら、近寄るな気持ち悪い、とあの綺麗な顔をしかめるわね。

「まぁ……。それは残念です。イザベル様にしかお似合いにならないデザインだったのですが……。でしたら、こちらのマーメイドラインのドレスはいかがでしょうか」

露出は二の腕だけになったが、身体のラインがガッツリわかるデザインで、色はやはり赤である。だからなんでこんなに毒々しいドレス推しなの⁉　この顔か？　この悪女顔が悪いのか⁉

「もう少し大人しい色とデザインがいいのだけれど……」

何故こんな目にあっているのかというと、それは新素材の件で、ディバイン公爵家とシモンズ伯爵家が共同で事業を起《た》ち上げたことに端を発する。

新素材は瞬《また》く間に評判となり、皇帝陛下と帝都の貴族たちの耳にも入った。そしてその功労に報いるという名目で、陛下主催のパーティーに招待されたのだ。

光栄に思うべきなんだろうけど、『氷雪の英雄と聖光の宝玉』に描かれていた皇宮のイメージが強くて、喜んで行こうとは思えないのよね。

だってあのマンガで描かれていたのは――皇帝とその取り巻き貴族たちによる、腐りきった政治体制と、爛《ただ》れた女性関係、醜悪極まりない皇宮の姿だった。

皇帝派の横領や過度な増税に声を上げているのが、ディバイン公爵率いる派閥の貴族たちで、その衝突は日増しにエスカレートしているとか。

ディバイン公爵派の方が皇帝派よりも人数も力も大きいから、皇帝陛下も好き勝手はできない。また、皇帝である父親の悪行の数々が足を引っ張り、皇子もなかなか皇太子と認められず、聖女とディバイン公爵家の後ろ盾を欲していたって設定だったけど……

そんな伏魔殿に行きたくないわ！

「では、公爵様の瞳のお色のドレスはいかがでしょうか？」

デザイナーの声にハッと我に返る。皇宮のドロドロに考えを飛ばしていたせいで、話を全く聞いていなかったわ。

「アイスブルーのドレスでしたら、赤よりも控え目ですし、イザベル様の透けるような肌にも合うと思います」

アイスブルーのドレスねぇ……。ん？　アイスブルーってノアの瞳と同じ色じゃない‼　やだっ、素敵じゃないの！

「アイスブルーのドレスにしますわ！」

「では、デコルテとお背中、お袖は透け感のあるレースにして……、プリンセスラインでお腰の細さを強調いたしましょう」

悪女っぽくならなければ、もうなんでもいいと思い、その後はデザイナーにお任せにした。

「はぁ……疲れた。ノアに会いたいわ……」

デザイナーとの打ち合わせも終わり、癒やしを求めてノアの部屋へやってきたのだが、「ノア様はお昼寝中ですよ」とカミラから追い出された。

肩を落としてトボトボと歩いていると、掃除中なのか扉が開いている部屋があった。つい中を覗いてしまう。

「ピアノだわ」

ピアノがぽつんとあるだけの部屋で、中には誰もいない。

「伯爵家にあったのはアップライトピアノだったけれど、この世界にもグランドピアノがあるのね……」

前世の中世ヨーロッパにはないグランドピアノが、この世界には存在する。さすがマンガの世界だけあるわ。

「……弾いてみてもいいかしら」

実家のピアノなんて、何年も前からロクに調律をしていないから、誰も弾かなくなってしまったのよね。

恐る恐る部屋に入り、ピアノに近付く。私が十三歳の誕生日を迎える前までは、お母様に習っていたっけ……

ファの音の鍵盤を押すと、ポーンと綺麗な音が出た。続けてポーン、ポーンと違う音階の鍵盤も鳴らす。

「さすが公爵家だわ。きちんと調律してある」

久しぶりに、思いっきり弾いてみたいわ。

疚《やま》しいことをしているわけでもないのに、周りをキョロキョロと見渡し、誰もいないことを再確認してから椅子に座る。

「なにがいいかしら」

少し考えてから、両手を鍵盤の上に置いた。

そして、前世で大人気だったアニメ、その初期のオープニング曲を見事弾ききり、ソロコンサートを終えたピアニストのように目を閉じ、余韻に浸る。

「奥様は作曲の才能まであったのですね」

あまりにも集中していたからか、部屋に人が入ってきていたことに全く気付かなかった。しれっとそこにいて、パチパチと拍手をしているその人物は――

「ウォルト」

「お邪魔して申し訳ございません。先程までそちらのピアノの調律をしておりまして。少し離れている間にまさか奥様がいらしているとは思わず、入ってきてしまいました」

「まぁ、あなたが調律をしているの？」

「はい。趣味と実益を兼ねまして」

ニッコリ微笑む執事長の瞳は、興味深げに私を見つめていた。

「そうなの。勝手に弾いてしまってごめんなさいね」

立ち上がると、ウォルトは「とんでもないことでございます。公爵夫人である奥様が弾いてはならないピアノなど、この邸《やしき》にはございません」とわざとらしく手を胸に当て、腰を折る。

「そ、そう。でも何故こんなに立派なピアノが、サロンではなくこちらにあるのかしら」

ここまで立派なグランドピアノなら、サロンに置いて、音楽家を呼んで弾いてもらうのが普通なのに。

「それは、こちらが前の奥様がお輿入れの際に持ってこられたものだからです」

ヒィィ!! それって前の奥様の形見じゃないの!

「わたくし、そんな大切なものに勝手に触れてしまったの!?」

ノアに申し訳ないわ。お母様の形見を継母が触ってしまうなんて! 思い出を汚されたって言われて断罪なんてされないわよね!?

「ちょ、今すぐ綺麗に指紋を拭き取らないとっ」

「何故そのようなことを?」

「何故って、ノアのお母様の形見なのよ!? わたくしが触ったなんて、ノアが悲しむわ!」

拭き取れる布が見当たらないわね……。今着ているドレスの裾で拭いてもいいかしら!?

「奥様、ノア様は奥様を大変慕《した》っていらっしゃると思いますが」

「え?」

急になんなの?

「ですから、ノア様の前でこのピアノを弾いて差し上げた方が喜ばれるのではないでしょうか?」

「なにを言ってるの⁉　形見のピアノなんでしょ」

「だからこそです。ノア様の生みの親の形見を、育ての親である奥様が弾いて、楽しい思い出を作って差し上げることこそ、前の奥様やノア様にとって嬉しいことなのではないでしょうか」

ノアは……、本当にそう思ってくれるかしら？　だって私は、継母なのよ……

第六章　皇帝の企み

「奥様、お支度が終わりました」

ようやく終わった……

朝早くに起こされ、メイドたちにお風呂に入れられて、全身マッサージされたあと、ヘアメイクを施《ほどこ》され、アイスブルーの美しいドレスを着せられた。

そう、今日は皇宮のパーティーに行く日だ。昨日の昼に帝都のタウンハウスに到着して、ノアのいない夜を過ごし、伏魔殿に行くために朝早くに起こされたのだ。テンションが上がるわけがない。

「ノア成分が不足していますわ……」

領地の邸《やしき》で、きっと寂しがっているであろうノアを思う。

だって五日前の出発日に、「おかぁさま、いかないで」って泣いてたんだもの。

嫌だわ。思い出すと私が泣きそうよ。

「奥様、とてもお美しいですわ。きっと皇宮のパーティーでも注目の的でしょう」

タウンハウスの侍女がニコニコとして言うが、「ありがとう……」としか応えられなかった。

鬱々《うつうつ》とした気分で邸《やしき》の玄関へ向かうと、普段よりも一段と美形に仕上がった公爵様が、不機嫌さを隠しもせず待っていた。

「お待たせ致しましたわ」

声をかけるが、返事はない。手を取られることもなく、そのまま馬車に向かって歩き出したので、あとをついていく。

これからこの人と馬車で二人きりとか、勘弁してほしいわ。

もちろん馬車に乗り込む時も手を取ってはくれず、さっさと一人乗り込んでしまう。女性に触りたくないのはわかるけど、エスコートくらいはしてほしいものだわ。

結局御者に手伝ってもらい馬車に乗ると、公爵様はこちらを見もせず窓の外に目をやっていた。

結婚式の時を思い出し、溜め息がこぼれる。

「契約は覚えているな」

馬車が走り出してしばらくして、やっと口を開いたかと思えばこれだ。

「ええ。公爵夫人として、あなたに恥をかかせぬよう演じ切りますわ」

「……」

公爵様は頷くと、また黙り込んでしまった。

◇　◇　◇

皇宮は想像していたよりも広く、豪華絢爛《ごうかけんらん》という言葉はここから生まれたのかと思わせるようにギラギラしていた。

ここまでギラギラしていると、逆に下品だわ。

不敬なことを思いながら、公爵様の腕に軽く手を置き、挨拶に来る貴族に笑みを張り付け対応する。中には、『おもちゃの宝箱』のことを話に出す方もいて、帝都の貴族の情報網に感心した。

まぁ、その人たちの関心事はおもちゃではなく、新素材で作られた食器の方だったのだが。

そしていよいよ、マンガで悪辣で醜悪と表現されていた皇帝が登場する合図が鳴らされたのだ――

真紅の髪に金色の瞳というファンタジー要素盛りだくさんな色味を持つ……普通の偉そうなおっさん。

それが初めて皇帝を見た私の感想だ。私の周りにいる人たちの顔が良すぎる弊害《へいがい》だろうか。外見が整ってないとは言わないが、注目するほどのものではないというのが本音だ。そして偉そうである。実際偉いのだけど、登場して早々、足を投げ出すようにして椅子に座り、肘をついて退屈そうな顔で、ふんっと鼻を鳴らす。

嫌な感じだわ。

「帝国の太陽に拝謁《はいえつ》致します……」

公爵様――旦那様を皮切りに、次々と挨拶に来る貴族たちを見下すように眺めている態度は幼稚で、とても皇帝とは思えない。

その後、朕がどうのと皇帝の挨拶が始まり、下らない話を長々としたあとパーティーが始まった。

ダンスから始まると思っていたが、給仕たちがトレーに白ワインをのせて会場を縦横無尽に回り始める。

オーケストラが音楽を奏でる中、貴族たちはそのトレーからワインを取り、楽しそうに話をしている。

皇宮では最初に飲み物が配られるのね。

さっきから皇帝が公爵様をじっと見ている。視線を鬱陶《うっとう》しく思いつつ、給仕がこちらにも回ってきたのでグラスを取らないと……と、手を伸ばそうとしたら、給仕から直接ワイングラスを手渡された。公爵様も。

ディバイン公爵って、ここでも他の貴族とは違う扱いなのかしら？

その時ふと、「ククッ」と誰かの笑い声が耳に届いた。

皇帝だ。皇帝が今、こっちを見ながら笑ったのだ。

なに……？　なにか違和感があるわ。何故皇帝はこっちを見て笑ったの？　笑われるようなことなんてなにもなかったで………っ!?

「旦那様っ」

「なんだ、突然……」

「ネックレスに髪の毛が絡んでしまったようですわ。少しこちらを持っていてもらえますかしら」

あることに気付いた私は、そう言って公爵様にワイングラスを渡し、絡んだ髪を取る振りをしながら皇帝をチラリと見る。皇帝は予想どおり、こちらを見ていなかった。

これは黒だわ。

「旦那様、ありがとう存じますわ」

私は、先程公爵様が給仕から渡された方のワインを取り、息を吐いた。

「おい、そっちは私の……」

旦那様が言いかけるが、スルーしておく。

多分これに、毒が混入されている。


『氷雪の英雄と聖光の宝玉』に、公爵様が亡くなった原因は明記されていなかったけど、皇太子が言っていた言葉を思い出した。

『この毒は継続的に摂取することで、徐々に身体が蝕《むしば》まれ死に至る代物だ。飲まされた本人に自覚症状はないからなぁ、最後までなにかの病気にでも罹《かか》ったのだろうと疑うこともなく死んでいくのだが、まさか父上も、公爵に使ったものを、己自身に使われるとは思わなかっただろう』

「公爵に使った」と皇太子は確かに言っていた。

皇帝は多分、こういったパーティーを開く度に公爵様に毒を飲ませていたんだわ！

いつからかはわからないけど、皇帝のあの反応と、公爵様が十三年後に亡くなるということから、飲ませ始めて日は浅いんじゃないかしら。

毒が入っているであろう、手元のワインをじっと見つめる。

これ、どうしましょう……

「……酒が飲めないのか」

なかなか飲まない私に、公爵様が痺れを切らしたのか話しかけてきた。

「皇宮のパーティーで出されたものは、手にしたら必ず食べ切る、もしくは飲み切るのがルールだ」

え⁉　こ、この毒入りのワインを飲み切れというの⁉

「……無理そうなら私が飲むから、貸せ」

公爵様に渡したら本末転倒じゃないの！

「だ、大丈夫ですわ。ただ、冷えていた方が美味しいのに、と思っていただけですの」

「ワインを冷やす？　……なるほど、やってみるか」

私のおかしな言い訳に、何故か興味を示した公爵様は、飲みかけの自分のワインと私の持つワインに魔法で氷を浮かべた。

「ただの氷だとワインが薄まるのでな。ワインで氷を作ってみた」

「あ、ありがとう存じますわ……」

もう、飲むしかないのね……。大丈夫よ。この毒は長年摂取しないと効果がないはずだし、自覚症状もないって皇太子が言っていたじゃない。それに、この氷を溶かさずに持ち帰ってワインの成分を調べてもらうこともできるわ。

「確かに冷やした方が美味いかもしれん……」

私の葛藤とは裏腹に、公爵様は美味しそうにワインを飲み干した。

「わたくしも、いただきますわ……」

緊張で喉を鳴らし、震える手で喉に一気に流し込む。

飲んだ……。飲んでしまったわ！

なんともなかったことに一安心していると、公爵様に「一気飲みは止めろ。倒れるぞ」と言われ、ちょっとだけグラスを交換したことを後悔した。心配してくださっているのはわかるのだけど、なんだか腑《ふ》に落ちないわ。

その後は断固としてダンスを踊ろうとしない公爵様に付き合い、挨拶にやってくる相手とのお話を横で聞きながら、早く帰りたい、ノアに会いたい、天使の頭をなでなでしたいと心の中で呟いているうちにパーティーが終わった。

しかし、帰るために皇宮の長い廊下を歩いている時、異変が起きた。なんだか胸がもやもやして気持ち悪いのだ。

どうしよう……吐きそうだわ。なんで……？　お酒だって最初の一杯しか飲んでいないし、食べ物もクラッカーを少しつまんだ程度よ？　なのにどうして……まさか！　毒が、作用している……？

――山崎さんは薬の副作用が必ず出る特殊な体質ね。この抗がん剤、普通はほとんど副作用が出ないって言われてるのに、まさか吐き気と怠《だる》さに、熱まで出ちゃうなんて。

そうだった。私、薬の副作用がバカみたいに出る、特異体質だった――

「おい、どうした……っ」

馬車に乗った途端目眩《めまい》に襲われ倒れ込んでしまった私を、公爵様が驚いたように支えてくれた。なんだ……非常事態の時には、女性に触れられるのね。

「……だ、な……さま」

意識を失う前に、あの氷を公爵様に渡さないと。

「これ……さっき、の……ワインの氷、です」

冷やしたハンカチに包んでおいた氷を公爵様になんとか手渡す。公爵様は戸惑っていたが、受け取ってくれた。

「どく……、はいって……」

それ以上は伝えられなかったけど、わかってくれたわよね……？

SIDE　テオバルド

「成分の解析は終わったか」

「はい。旦那様がおっしゃったように、本当に毒が混入されていました。それも、これまで確認されていない新しい毒です」

「っ……」

ウォルトの言葉に自分の手を握りしめる。

「狙われたのは、私だ」

「っ!?　では、何故奥様がお倒れに……」

あの女は、あの時毒が入っていることに気付き、私の持つワインと自分のものとを交換した。

自分と伯爵家を守ってほしいと言いながら、何故そのようなことをしたのかはわからないが……

「あの女は……、今どうしている」

「奥様は、命に別状はないようですが、熱を出されていて意識はまだ戻っておりません」

「…………何故」

私を救って、あの女になんのメリットがあるというのだ……

SIDE　皇帝

「これで二度目だ。奴らは気付きもせん」

パーティーで、給仕から毒入りワインを受け取るテオバルドの姿を思い出すと、愉快でたまらない。

「しかし陛下、アレは何度も飲ませてこそ効果のあるもの。まだまだ油断はできませぬ」

「ふんっ、ならば即効性のあるもので殺せばいいのだ。何故朕がこのように面倒なことをせねばならん」

折角の愉快な気持ちが、この小蝿《こばえ》のせいで台なしではないか。

「それでは我々の仕業とすぐにバレてしまいます。まずはディバイン公爵とディバイン派閥の筆頭であるビスマルク侯爵を徐々に弱らせ、数年後に息を引き取ってもらうのが一番の手と何度も……」

「あーっ、わかっておる！　だがアレは一度飲めば毒が体内に蓄積し、聖水も効かぬのであろう？　それなのに何故、何度も飲ませねばならんのか」

「ですから、体内に蓄積していく毒が一定量を超えなければ、症状は出てこないのです。もちろん一度でも体内に入れれば、ゆっくりと蝕《むしば》まれ、三十年ほどで死に至りますが」

三十年など待てるものか！

「あと何度飲ませれば奴らはすぐに死んでくれるのだ！」

「そうですね……最低でもあと二度は飲ませる必要があります」

「二度か……。パーティーも何度も開くわけにはいかぬのだぞ。それに、もし奴らに勘づかれでもしたら台なしではないか」

「それはご心配には及びませぬ。あの毒も、解毒薬も、皇族しか入れぬ皇宮の庭園にのみ咲く、『黒蝶花《こくちょうか》』からしか精製できませぬ。勘づいたとしても、ディバイン公爵らはもう二度、毒を飲んでおります。最悪、奴らの命を盾に思うまま操《あやつ》ってやればよろしいのですよ」

なるほど。それもいいかもしれん。

あの生意気なテオバルドが、朕に尻尾を振る犬に成り下がる様《さま》を見るのも一興よな。

◆　◆　◆

――この感じ、抗がん剤を投与されたあとに似てる……

もしかして、イザベルに転生したのは夢で、現実では抗がん剤を投与されたあとなのかな……？

それは嫌だなぁ。折角あんな可愛い息子ができたのに、また辛い闘病生活に戻りたくないよ。夢でもいいから、ノアの母親として生きていたい……な――

「……知らない天井、と思ったら……見たことある天井だわ」

ややぼやけている視界の中、なんとなく口に出した言葉がやけにはっきりと自分の耳に届き、ここが現実なのだと自覚させてくれた。

「奥様！　お目覚めですか⁉」

横合いから聞こえた声にちょっとだけビクッとしたあと、ゆっくりと顔を傾けてそちらを確認する。

タウンハウスでの私付きの侍女だ。ここが夢ではないことに安堵した。

私はまだ、ノアの母親でいられるのだわ……

侍女が慌てた様子で部屋を出ていく。

ぼーっと天井を眺めていた時だ。

「目覚めたか」

胸にキュンとくるようなバリトンの声が鼓膜を揺らし、ゾワゾワッと鳥肌が立つ。

待って、今の美声って……

声が聞こえてきた方へ視線を向けると、そこにいたのは——

えぇ!?　なんで公爵様が私の寝室に!?

「……すぐに医者が来る」

驚きと戸惑い、そして未だに働かない頭のせいか、その後やってきた医師が脈や熱を測っている間も呆然としたままだった。きっと間抜けな顔をしていただろう。

その後侍女に顔や身体を拭いてもらい、身なりを整えてから、改めてやってきた公爵様と言葉を交わした。

「……話を聞きたいのだが、体調はどうだろうか」

「ぁ、はい。熱も下がりましたし、大丈夫ですわ」

とはいえ、毒はまだ完全に消えていないらしいので、安静にと医師には言われたけれど。

まさか自覚症状のない毒で、症状が表に出るとは思わなかったわ。

前世の特異体質がイザベルに引き継がれているとか有り得ないでしょう。

「お前は何故、あのワインに毒が入っているとわかった」

やっぱりソコよね。マンガで読んだことがヒントになったとはさすがに言えないし……

「……それは、違和感、でしょうか」

「違和感だと？」

「はい。説明する前に一つお伺いしたいのですが」

「なんだ」

「皇宮でおこなわれるパーティーが、ダンスからではなく、飲食から始まるようになったのは最近ではありませんの？」

「……そうだ」

眉をひそめる公爵様に、「やっぱり」と頷くと、「それがなんだというのだ」と話を急かされる。

「まず一つ目の違和感はそれです。最初は皇宮だけが特殊なのかと思っていましたが」

この世界では通常、夜会はダンスから始まる。それなのに飲食を最初に持ってきたのは、公爵様に確実に毒を飲ませるためだろう。ダンスから始まるとこの人は絶対、逃げてどこに行ったのかわからなくなるだろうし。なんなら皇帝に挨拶してすぐ帰りそうだ。

「そして二つ目は、飲み物の種類が一種類のみだったというところです」

普通、用意する飲み物が一種類など有り得ない。それもお酒のみというのは、おかしな話だ。お酒を飲めない人もいるのだから、最低でもお酒とアルコールを含まない飲み物を揃えておく必要がある。出された物は飲みきらなければならないルールがあるならば尚更だ。

「そして三つ目は、給仕が公爵様とわたくしにだけ、飲み物を手渡したことです。他の皆様は自ら取っておりましたのに、何故かと不思議に思っておりましたの」

「…………」

公爵様は私の話を黙って聞いている。眉間の皺《しわ》が消えたので、納得しているのかもしれない。

「そして四つ目ですが、これで犯人とその狙いを確信致しましたの」

公爵様もわかっているだろうけど。

「旦那様の一挙手一投足を見逃さぬよう、ずっと見ていた方がおりまして、わたくし、ずっとその視線を感じておりました。そして、その方が旦那様がワインを受け取った時に笑ったのです」

「そうか……」

「はい。その後すぐ、視線を感じなくなりました。子供はよく、悪戯《いたずら》をする時に相手が引っかかるかどうかをじっと見つめ、悪戯《いたずら》に引っかかったあとは目を逸らしますわ。犯人は、それと同じことをしておりましたの」

「…………」

「どなたかは、もうおわかりですわよね」

するとと公爵様はふぅっと息を吐き、私を見た。

この人と、こんな風に目が合ったことなどなかったものだから、ちょっと驚いてしまったわ。

「お前は何故、そこまでわかっていながらワインを飲んだ」

「それは……、旦那様に飲ませるわけにはいかないと思いましたの」

だって公爵様が死んでしまったら、十三年後に起こる戦争にノアが行かなければならなくなるじゃない。

「っ……自らを守ってほしいと魔法契約したにもかかわらず、私の代わりに毒を飲むなど、一体なにを考えているのだ」

あ、そういえば魔法契約を交わしていたわね。

今回は私が自分の意思で毒を飲んだから大丈夫だったけど、もし知らないところで危険な目にあったら、公爵様が死んじゃうってことじゃない！　それ、ヤバくない？

「旦那様！　その、魔法契約ですが、一つ見直さなければならない項目がありますわっ」

「なんだ、突然」

「伯爵家と伯爵領、そしてわたくしを危険から守ってくださるとの契約でしたが、『公爵様が把握していない危険から守る』という文言に変えていただきたいのです」

でないと、いつの間にか契約違反で死んでしまっていた、なんてことがあるかもしれないわ！

それじゃあノアを守る盾がいなくなってしまうもの。それだけは阻止しないと！

「そうか……」

アイスブルーの瞳が揺らいだ気がしたけど、突然の提案だったし、戸惑っているのかしら。

「契約書の修正は、お前……、君の体調が回復したらおこなおう」

「――？　お願い致しますわ」

「目覚めたばかりで無理をさせた。ゆっくり休んでくれ」

あの公爵様から労《いたわ》りの言葉が出た!?

驚いているうちに、公爵様は部屋を出ていってしまったのだった。

第七章　再会

「ぉか、おかぁしゃま……っ」

「ノア！」

さっきまで玄関の隅でうずくまっていたノアが、小さな手を懸命に伸ばしながら駆けてくる。

ぎゅっと抱きしめると、ヒック、ヒックと必死に涙を堪えようとしている息遣いが耳元で聞こえた。しかしその甲斐もなく、大粒の涙はポロポロと頰を滑り、私のドレスにシミを作っていく。

「ノア……っ」

それが愛しくて、愛しくて、その小さな身体を強く抱きしめた。

「おかぁしゃま、おかえりなしゃい」

腕の中で丸まり、私のドレスを強く握る手は、まるでもう離れないといわんばかりに必死だ。

「ただいま。ノア」

ふわサラの銀髪を撫でてそのまま抱き上げると、ノアの後ろにいたカミラが涙ぐんでいるのが目に入り、私も少し泣きそうになった。

「お帰りをお待ちしておりました。奥様」

カミラの言葉を合図に、迎えに出ていた使用人が一斉に頭を下げた。

カミラ、あなたいつの間に使用人を牛耳《ぎゅうじ》るようになったの⁉　新人侍女のはずよね？

「なにをしている。早く部屋で休め」

後ろからの美声に使用人たちの顔が固まり、一瞬で緊張感が走る。

「「「旦那様、お帰りなさいませ」」」

そういえば公爵様も一緒に帰ってきたのだったわね……

◇　◇　◇

「――よろしいですか、旦那様と奥様は現在、体内に毒が残っている状態なのです。これは未確認の毒であり、今後も調査を進めてまいりますが、今わかっているのはこの毒が体内に留まること。徐々に身体を蝕《むしば》んでいくこと。そして、『聖水』の効果があまり期待できないことです」

医師の説明に頷き隣の公爵様を見ると、とても険しい表情をしていた。

それもそのはず。聖水とは、教会でもらえる解毒作用のある水で、神の祝福を受けた聖なる水と言われ、毒に対してであれば、どんな薬よりも効果があるとされているからだ。つまり、聖水で消せない毒は、この世のどんな薬でも解毒できないということになる。

「とはいえ、衰弱というのも何十年も先の話ではありましょうが……」

何十年先という言葉に少しホッとしたのもつかの間。

「奥様に関しては、すぐに胃の洗浄をおこなったために留まっている毒が少なくなり、今は落ち着いておりますが、毒の効果が出やすい稀《まれ》な体質のため、風邪などの軽い病気でも重症化しやすくなっております。くれぐれもお気を付けください」

ええ⁉　風邪で重症に⁉

「解毒薬は作れそうか？」

「……残念ながら今のところ、この毒を消すような解毒薬の製造は難しいでしょう」

「ならば、彼女がもしなんらかの病気になった時は、どう毒を抑えるつもりだ！」

解毒薬がないのにも驚いたけど、私のことであの公爵様が声を荒らげたことにもっと驚いた。

「聖水の効果が薄いとはいえ、全く効果がないわけではございません。その際には、聖水で病気の症状と共に抑え込むことも可能かと考えます」

「本当にそれで大丈夫なのだろうな」

どうしてそこまで？　と思ったところで、魔法契約のことを思い出し、それのせいだろうかと考える。

ただ、今回の毒は私の意思で飲んだのだから、これが原因で死んだとしても、公爵様にはなんの問題もないような気もするのだけど……。それとも、公爵様の代わりに毒を飲んだから、罪悪感を覚えたとか？

そんなこんなで医師の説明が終わり、体調も回復したので領地に帰ることになったのだが、どういうわけか公爵様も一緒に帰ることになり、この状況になったわけだ。

「ノア、お父様にもご挨拶しましょうね」

私に抱っこされて安心したのか、ウトウトし始めた息子の背を軽くポンポンしながら声をかける。涙は止まったみたいだが、くりくりお目々が真っ赤になってしまっていた。

「おとぅさま？」

「そうよ。お父様におかえりなさいをしましょう」

挨拶のためにノアを下に降ろそうとしたが、しがみついて離れないので、仕方なく抱っこしたまま公爵様の方へ顔を向けさせる。

「…………」

「おとぅさま、おかえりなさい」

「……ああ」

やっぱり無表情で怖い父親だけど、「ああ」って返事しただけマシよね。にしても、どんな心境の変化かしら……

SIDE　テオバルド

「ウォルト、今回使用された毒と解毒薬の情報が手に入り次第、報告してくれ。それと、パーティーの際、私たちの他にワインを給仕から直接手渡された者がいたかどうかも調べてくれ」

「かしこまりました。皇帝の身辺調査と、最近取引を始めた商家、貴族などの情報も引き続き集めます」

「頼んだぞ」

ウォルトが部屋から出ていったあと、ソファに座り大きく息を吐く。

まさか、私もすでに毒を盛られていたとは……。遅効性の毒で助かったと思うべきなのか。解毒薬すらない毒などと、あのボンクラ皇帝め！

パキッと音がして、我に返る。

どうやら怒りで魔力が漏れていたらしい。ソファの肘置きが凍りつき、次の瞬間、弾けるように舞い散った。

「はぁ……」

やってしまった。またウォルトに小言を言われるな。しかし――

「まさか女に助けられるとは……」

女は皆、容姿と権力に群がる獣だ。どんなに外見を取り繕《つくろ》っても、結局一皮剥《む》けば狡賢《ずるがしこ》く醜《みにく》い生き物なのだ。その証拠に、私が十二の年、私の容姿に惹かれたメイドが、夜中に寝室に忍び込む事件が起こった。未遂ではあったが、それからも度々同じようなことが起こり、私は女に触られると吐き気を催《もよお》すようになった。

あのねっとりとした視線も、化粧や香水の匂いも、全てが受け入れがたい。トラウマとなったそれは、成人しても変わることはなかった。

そんな私に危機感をおぼえたのか、両親は再三にわたり見合い話を持ってきた。もちろん受ける気はなく、二十代も後半を迎えた頃には両親は他界していたので、表立ってなにかを言う者などいなくなっていたのだが……家門の存続がかかった大事だと皇帝が介入してきた。そして、奴の命《めい》で見合いをせざるを得なくなったのだ。とはいえ、結婚などする気はなく、当然断るつもりでいた。

それが……っ。

どこで手に入れたのか、相手の令嬢はあろうことか私に痺れ薬と媚薬を盛り、部屋に監禁したのだ。意識が朦朧《もうろう》としていたので記憶も曖昧だが、吐き気とおぞましさと怒りで頭がおかしくなりそうだったことだけは覚えている。

その後、令嬢は純潔を散らされたと皇帝に訴え、奴が間に入る形で無理矢理婚姻を結ばされた。

全てはあの醜悪な皇帝が、ディバイン公爵家の内部に自らの子飼いを潜り込ませ、意のままに操《あやつ》ろうとするために、策を巡らせていたのだ。

自分の妻となったその女を受け入れることなど到底できず、妻と名乗ることすら許さず、婚姻してからもずっといないものとして扱った。もちろんその家族を家に入れることも、公爵家の親戚だと名乗ることも許さなかった。

本当ならば殺してしまいたかったが、女はあの一度の過《あやま》ちで私の子供を授かったと言い張り、実際妊娠していたために殺すことができなかった。

そして、本当に赤子を産んだのだ。

ウォルトに言われ、仕方なくあの女が産んだ赤子に会いに行ったが、私にそっくりな顔立ちと、あの女の銀髪を引き継いだそれに、寒気がした。

女は出産後すぐに死んだが、アレの顔を見る度、女を思い出す。そのことに嫌気が差した私は、アレを遠ざけることにした。

そして三年が経ち、アレの姿をほとんど見ることもなくなったある日、またもや皇帝が私に妻を娶《めと》れと命じてきた。

奴がまた、同じような女を送りこんでくることはなんとしてでも阻止したかった私は、奴が横槍を入れてくる前に、都合のいい女を探せとウォルトに命じ……、やってきたのが、イザベル・ドーラ・シモンズだった。

ウォルトの調査によれば、シモンズ伯爵家はこれといった産業も、突出して収穫量が多い作物もなく、我が領に隣接しているにもかかわらずとても貧乏な領地で、伯爵家の人々は平民と変わらぬ生活を送っているらしかった。むしろ、裕福な平民の方がいい暮らしをしているとさえいうのだ。

シモンズ伯爵は人が良く、皇帝派でもディバイン派でもなく、中立派ともいえない弱小貴族。さらに、その令嬢は我儘《わがまま》で派手好きという噂がある。

私には最高の条件だった。

皇帝は、私が力ある貴族と婚姻を結ぶことを恐れている。伯爵とはいえ、弱小貴族でどの派閥にも所属しておらず、令嬢の評判が悪いとなれば、婚姻を反対されることもないだろう。

令嬢には金さえ与えておけば、たとえお飾りの妻でも文句は言うまい。所詮《しょせん》、女は外面のみを気にする生き物だ。そう思っていた。

しかし、実際にやってきた彼女は……、血の繋がらぬ子供の面倒を率先して見始め、ウォルトに任せきりだった家の一切を公爵夫人として取り仕切り、自身の予算で店まで建てて、街の雇用改善を実現し、利益まで上げたのだ。さらには、私に魔法契約を持ちかけた。

シモンズ伯爵から新素材を開発したのが彼女だと聞いた時は、開いた口が塞がらなかった。

なんなのだこの女は！　我儘《わがまま》な派手好き女ではなかったのか⁉

聞けば、伯爵家にいた頃の我儘《わがまま》というのは、ピアノの調律をしてほしいだとか、ドレスがもう一着欲しいだとか（二着しか持ってなかったらしい）、おかずをもう一品増やしてほしいだとかの些《さ》細《さい》なものだったそうだ。派手好きというのも、単に顔の造りが派手だっただけで、周りの女が嫉妬して流した噂だった。

なんだそれは……

彼女は、私が知る女という獣ではない。きちんとした後援者さえいれば、どんなことでもやってのける、優秀な経営者だったのだ。

◆◆◆

「長い間お世話になりました！　と恩人に告げ、旅立っていったのです」

「あぁぁぁぁ‼　なんて感動的なシーンなんでしょう‼」

前世の人気アニメを思い出しながら描いた紙芝居。その新作の読み聞かせをノアにしていたら、カミラが感動しすぎてボロボロ泣き出した。私付きの侍女まで、ハンカチで目の端を拭《ぬぐ》っているではないか。

「おかぁさま、つじゅきして？」

感動して泣くというところまでまだ情緒が発達していないノアは、特に涙を流すことなく楽しそうに続きを待っている。

そういえば、五歳か六歳くらいでそのあたりの感情が芽生え出すのよね……。ノアにはまだ早かったかしら。

「ぐす……っ奥様、このような平民が主役の物語は、ノア様に相応《ふさわ》しくないのでは？」

鼻を啜《すす》りながら注意してくる私付きの侍女、ミランダ。私は彼女にニッコリと笑いかけ断言した。

「これはあくまでも御伽噺《おとぎばなし》なの。主人公が王子様であろうと庶民であろうと問題ないわ」

「ですが言葉遣いや行動をノア様が真似てしまわれたら……」

確かに真似をすることもあるだろう。しかし実際、ほとんどの子供たちが真似をするのはキャラクターの必殺技であることが多い。そう言ったのだが……

「ですが、ノア様は先日お庭で『海賊の王になる！』と叫んでおられましたが……」

「そ、それは……ごっこ遊びよ！　わたくしたちの他には誰も見ていないのだから大丈夫ですわ！」

「はぁ……。使用人一同、ノア様が立派な公爵になられることを望んでおりますので、ほどほどにお願い致します」

最近、ノアを放置していた使用人たちがやけにノアに対して親切になった。私と公爵様がいない間に変わったようなので、カミラがなにかしたのだと考えている。

一人ひとり呼び出して締め上げたのかしら？

「おかぁさま、ちゅ、つづきぃ」

「あ、そうよね。いいところだものね」

——毒を飲んでから数日経ったが、特に問題なく過ごせている。『おもちゃの宝箱』も順調だし、ノアはたまに夜泣きをするようになったけど、この年の子にはよくあることらしい。

ただ、ノアと外で遊んでいると、「早く邸《やしき》の中へ入れ」と公爵様が注意してくるようになったのだけは困りものだ。カミラは、「最近風が冷たくなってきましたから、奥様を心配されてるんですよ」と笑うし、実際、毒が体内に留まっているから、体調を崩すとマズいと思って注意してくれてるのだとは思うけど、ノアと遊ぶ時間を邪魔されているようでなんだか複雑だ。早く解毒薬ができればいいのだけど……

なにかマンガにヒントとかないかしら？

紙芝居を終え、ノアの部屋を出てから考える。

「う〜ん、なにか大事なことを忘れている気がしますわ……」

マンガやアニメにだけは記憶力が増す私だ。絶対覚えているはず！　唸《うな》れっ、私の大脳辺縁系!!

『……毒の名前は〝黒蝶《こくちょう》の蜜〟。皇族のみが入ることのできる、皇宮の庭園に咲く、〝黒蝶花《こくちょうか》〟という花の根からできている。この毒は聖水の効かない特殊な毒だ。……まぁ、聖女であるフローレンスなら治せるかもしれないが』

とは皇太子の言葉だったか。

あれは皇太子が、ディバイン公爵家所属の騎士に毒を盛ったことがわかって、主人公が問い詰めた時のシーンよね。

「その時フローレンスは、皇宮の一室に閉じ込められていて、手出しできなかったのよ……っ て、そうよ！　フローレンスがいるじゃない!!」

彼女ならこの毒も消せるはず！

確かノアの一つか二つ下だったから、もう生まれ……ていても、まだ一、二歳よね。

「さすがに赤ちゃんに毒を消してだなんてお願いできないわよ。はぁ……。振り出しに戻ったわね」

解毒薬かぁ。今お医者さんが毒の解析をしているから、その結果が出れば解毒薬の作り方もわかるかもしれないけれど。

「解析って、なにから作られているか、一つ一つの成分を現存する植物に当てはめて絞り込んでいくのよね。気が遠くなりそう……。手っ取り早く黒蝶花《こくちょうか》から作られているってわからないものかしら」

………

「いやだ！　毒が黒蝶花《こくちょうか》からできているって、わたくし知っていますわ!!」

私は公爵様の執務室目がけ、一目散に走り……は、はしたないので、早歩きで向かった。

「旦那様！　旦那様!!」

慌てて公爵様の執務室をノックすると、中からウォルトが扉を開けてくれる。勢いよく飛び込み、

「わかりましたの！」と叫ぶと、何事だと顔をしかめられた。

「毒がなにから作られたのか、わかりましたの!!」

「なんだと？　そのような報告はまだ受けていないが……」

公爵様は難しい顔をしてウォルトを見る。ウォルトが首を横に振り、「私もそのような報告は受けておりません」と答えると、二人して懐疑的な目を向けてきた。

「わたくし、新素材を見つけるまでに数々の植物に関する書物を読んでまいりました。ですから、独自に調べていたのですわ！」

嘘だけど。

「確かに新素材を発見された奥様なら、有り得る話かと」

ウォルトは納得しているが、公爵様は未だ眉間に皺《しわ》を寄せたままだ。

「それで、思い出したのですわ！」

「思い出した、だと？」

「はい。手元に資料はございませんが、なんだったか……。そう！　木の板に書かれたものでしたの。それによると」

「木の板だと？　そんな信憑性《しんぴょうせい》のないものを信じろと言うのか」

「まぁ！　庶民が書いたものであっても、正式に発表されていないだけで、十分信じられますのよ。その証拠に、新素材は木の板に書かれていた資料をヒントに、色々実験を繰り返して生まれたのですもの」

しかもこの公爵家の図書室にありましたけどね。

「っ⁉」

「それより、聞いてくださいまし！」

まったく。話の腰を折らないでほしいわ。

「その資料には、蝶のような黒い花弁に水仙ほどの大きさの『黒蝶花《こくちょうか》』と呼ばれる花の根から、今回の毒と同じような効果のものが取れる、と書いてありましたわ」

「黒蝶花《こくちょうか》……、聞いたことがない名だ」

「私もです。しかし、どうして奥様はその花から今回使用された毒が作られたと断定なさったのでしょうか？」

ウォルトは鋭いわね。

「それは、この花が咲く場所ですわ！」

「場所？　どこにあるのだ」

さっさと言えとばかりに急かしてくる公爵様に、自信満々に言い切る。

「皇族しか入ることの許されない、皇宮内にある庭園ですわ」

「皇宮だと（ですと）⁉」

二人の目がカッと開き、声を揃えて聞き返してくる。仲がいいことだと思いながら頷くと、彼らは有り得ない、と否定した。

「どうしてですの？」

「皇族しか入れないのなら、庶民が存在を知るわけがない。その資料は出鱈目《でたらめ》だ」

「奥様、庶民の中には、実際見たことがある風を装《よそお》い、なんの根拠もないことを書き綴《つづ》る者もおります。皇城七不思議などはそのいい例です」

その皇城七不思議の内容がすごく気になるわ。

「ですが、花の絵も描いてありましたし、想像上のものとは思えないくらい具体的でしたわ」

「馬鹿馬鹿しい。そのような落書きを信じるとは」

落書きじゃなくてマンガですわよ！

「私たちも暇ではない。もっと真実味のある話を聞かせてほしいものだ」

「まぁっ。歴史学者だって実際見たこともない昔の話を、資料だけでさも本当のように語りますわよ！　それなら、あの木の板（マンガ）だって、紙のない時代に皇族が記した貴重な資料かもしれないでしょう!?　どうしてそう頭から否定しますの。もっと柔軟な思考を持ち合わせなければ、なにも進展しませんわよ！」

「なんだと！」

机を叩き、立ち上がる公爵様。しばらく睨み合っていると、「お二人とも落ち着いてください」とウォルトが間に入ってきた。

「旦那様、確かに奥様の言うことは一理あるかもしれません。今はどんな些細《ささい》な情報も欲していますから、調べる価値はあるのではないでしょうか」

「……わかった。考慮するとしよう」

考慮じゃダメなのよ！　できるだけ早く黒蝶花《こくちょうか》を手に入れないと、また毒を盛られたらどうするの！

「奥様、焦るのは理解できますが、少々頭に血が上りすぎているご様子。一度落ち着かれて、その資料について記憶されている限りのことを書き出してみてはどうでしょうか」

「……そうね、わかりましたわ。ウォルトが言うように書き出してみます」

「よろしくお願い致します」

上手く彼に宥められ、一旦部屋に戻ってマンガの情報を書き出すことになったのだ。

SIDE　テオバルド

「――どう思う」

魔物のような勢いでやってきた彼女の話は荒唐無稽《こうとうむけい》で、とても信じられるものではない。だが、あの真剣な瞳を見ていると……信じてやりたくなるのは何故なのか。

「正直、有り得ない話かと。ですが、奥様は実際、木の板に書かれた情報で新たな素材を開発なさっております」

「そのようだ……」

「ですから、直接皇族に確認なさってはいかがでしょうか」

◇　◇　◇

「まさかディバイン公爵がアタクシに会いに来てくださるなんて、こんな嬉しいことはございませんわ！」

ここは、皇帝が生活する宮から離れた場所にある、皇宮内の第二皇子が住まわれる宮だ。

この時期にしては珍しく暖かい風の吹く午後、ガゼボの下でお茶を嗜《たしな》む幼い皇子に声をかけたところで、すぐに邪魔が入った。

「あなたに会いに来たのではなく、皇子殿下に会いに来たのだ。おかしな誤解はしないでいただきたい」

「ホホッ。公爵は照れ屋ですこと」

勝手なことを言って顔を赤くする、この気持ち悪い女が我が国の皇后だとは、頭が痛くなるような問題だ。ウォルトの提案で、皇后の唯一の子である第二皇子に会いに来たが、この獣に出会うとはついていない。

「殿下、こちらは現在我が領地で人気のあるおもちゃです」

ここが外で良かった。部屋の中ならば香水と化粧の匂いが充満し、窒息死していたところだ。

……そういえば、彼女からはキツイ匂いはしなかったな。どちらかといえば、自然の……日向と石鹸《せっけん》の香りがしたような――

「ディバイン公爵は、そのクールなところも素敵ですわ。ねぇ、今度アタクシと観劇などいかが？」

まだなにか言っている皇后はいないものとし、皇子殿下に話しかけると、「おもちゃ？」と首を傾げている。

ふむ。おもちゃといえば普通チェスを思い浮かべるだろう。子供の遊ぶおもちゃなど聞いたことがないからな。不思議そうな反応もわからないでもない。私も初めて見た時は、彼女の発想に驚かされたものだ。

新素材の開発といい、一体彼女の頭の中はどうなっているのだろうか。

「まぁ、アタクシこのようなものは初めて見ましたわ」

貴様は煩《うるさ》い。黙れ。

「我が妻が開発した子供用のおもちゃです。『つみき』といって、様々な形のブロックを積み上げて遊ぶものだそうですよ」

「積み上げて遊ぶ？　そのようなもののどこが面白いというの」

妻という言葉に、急に不機嫌になったバカ女は、子供用のおもちゃだというのに、つまらないと言い放って興味を失った。

いちいち邪魔な女だ。

「殿下、よろしければ部屋の中で遊んでみませんか？」

少しでも皇后から離れたい私は、そう皇子殿下に提案する。

「うむ。よければこうしゃくが、あそびかたをおしえてくれるか」

「かしこまりました」

この皇子殿下は、あの両親の子供とは思えぬほど聡明な方だ。年はアレより一つか二つ上だったか。このまま育ってくだされば、将来いい皇帝になるかもしれん。

しばらく『つみき』というおもちゃで殿下の相手をし、機を見て話を切り出す。

「そういえば、最近私の邸《やしき》の図書室で興味深い本を見つけまして……」

「ほぅ。それはどのような、ないようのものなのだ？」

『つみき』を積む手を止めこちらを見る殿下に、何気なさを装《よそお》いつつ話を続ける。

「皇宮には、皇族にしか入れぬ庭園がある、という興味深い内容でした」

「そうか。そういえばははうえが、そのようなにわのはなしをしていたな」

「っ⁉　それは、どのような庭だと話しておられましたか？」

「うむ。たしか……、ちょうのようなはなびらの、めずらしいはなのはなしをしていた。わたしは、はいったことがないから、みたことはないが、そんなはながあるのなら、みてみたいとおもったからおぼえている」

蝶のような花だと⁉　やはり、イザベルの話は事実だったのか。

「そうですか。ところでおもちゃですが、我が領には他にも様々なものがあるのですよ」

「なに⁉　『つみき』のほかにもあるのか？」

「はい。また妻と共に参りますので、その際にはおもちゃをお持ちします」

「うむ。それはたのしみだ！」

『氷雪の英雄と聖光の宝玉』の知識を、黒蝶花《こくちょうか》の部分のみできる限り書き出した私は、翌日公爵様の執務室を訪れた。しかし、公爵様は帝都に行っているとウォルトから聞かされ、顎《あご》が外れかけた。

「正気ですの⁉　また毒を盛られたらどうするのです！」

皇帝は毒を盛る気満々よ！　公爵様が網にかかるのを、今か今かと待っているのだから。

「皇宮の晩餐会に参加されるわけではありませんので、問題はございません」

「パーティー以外でも盛られるかもしれないでしょう⁉」

「旦那様に毒を盛る機会などそうそうございませんよ。なにしろあの方は、外出先ではご自身が用意したもの以外は、一切口になさいませんから」

ウォルトはそう言うけれど、公爵様って少しうっかりしている気がするのよね。

心配だわ……

◆
◆
◆

一週間が過ぎ、公爵様が帝都から帰ってこられた。すぐに執務室へ呼び出された私は、公爵様になにかあったんじゃないかとドキドキしながら扉の前に立つ。

「奥様、お入りください」

執務室に入ると、神妙な顔をした公爵様がこちらを見据えている。神妙な顔はいつものことだけど、こちらを見ているのは初めてではないだろうか。

常に書類と睨めっこしているものね。

どうやら見た感じは変わりないようで少し安心したけれど、一体私になんの用かしら？

「君が言ったとおりだった」

え？

「なんのお話ですの？」

言葉が足りなさすぎて、わからないのだけど。

「……………君が言ったように、『黒蝶花《こくちょうか》』は存在した」

「まぁ！　ようやく信じてくださいましたのね。って、それはどうやって確認しましたの？」

「君も知っているだろうが、現在皇室には陛下の実子が十一人いらっしゃる」

ああ……。正室の皇后様の他に、側室と愛妾がたくさんいらっしゃいますものね。

「その中で、正統な血筋をお持ちの方はたった一人しかいない」

ここで言う正統な血筋とは、皇帝と皇后の間に生まれた子供という意味だ。

「はい。イーニアス第二皇子ですね」

「そうだ」

つまり、『氷雪の英雄と聖光の宝玉』のラスボスである、悪魔と契約した皇太子のことだ。

「その第二皇子がどうかなさったのですか？」

「帝都には、彼に会いに行っていた」

「はぁ、そうですの……？」

遠回しすぎて、なにが言いたいのかわからないのだけど。もう少しストレートに話してくださらないかしら。

「……君は、察しがいいのか悪いのかわからないな」

は？　なんで今ディスられたの？

「奥様、旦那様は黒蝶花《こくちょうか》について、第二皇子に確認に行かれていたのです」

ああ、そういうことね。そうならそうと話しなさいよ。

回りくどい言い回しは若い子に嫌われるわよ！

「あら？　ですが皇子殿下はノアとあまり年が変わらなかったはずじゃあ……」

「イーニアス皇子殿下は、御年四歳でございます」

ウォルトがわざわざ指を四本立ててこちらに向ける。

「じゃあ、四歳の子に確認したということですの⁉」

「殿下は君が思っているより遥かに聡明なお方だ」

「そういう問題じゃないでしょう⁉」

「たとえ幼くとも、いや、幼いからこそ、その証言には真実味があるだろう」

日本の警察なら、絶対四歳の子供の証言なんて本気にしないわ。

「それで、イザベル。君を呼んだのは黒蝶花《こくちょうか》を手に入れるために協力してもらいたいからだ」

公爵様の求める、黒蝶花《こくちょうか》を手に入れるための協力とはこうだ。

一、人々の関心を集めるために、ディバイン公爵家全面バックアップの下、帝都に『おもちゃの宝箱』の支店を出店する。

二、新たなおもちゃを開発、製造する。

三、新たなおもちゃを手土産に、第二皇子に接触。おもちゃで第二皇子の心を掴む。

四、皇族しか手に入れられない黒蝶花《こくちょうか》を、今後開発する新たなおもちゃの題材にしたいと伝える。

五、第二皇子が黒蝶花《こくちょうか》を手に入れたくなるように誘導する。

そして……

六、新たなおもちゃの案は盗まれてはいけないので秘密だということを強調し、裏切らないようコントロールする。

って、こんなの絶対無理ですわよ！　仮に、一～三に関しては大丈夫だったとしても、四歳の子に対して四～六が無理ゲー＆物騒すぎるのだけど⁉

四～六は公爵様がやるというのだが、この計画に私は反対だった。

だって四歳の子に毒花を採ってこさせるだなんて、そんな酷い話がある⁉

けれど、ディバイン派閥の中心人物がすでに二回は毒を盛られているらしく、その方が高齢で時間がないのだと説得されたのだ。人の命には代えられないのだからと言われ、他に解決策のない今、従うしかなかった。

考えるだけで罪悪感に苛《さいな》まれるわ……。はぁ……。ダメよ、頭を切り替えなければ。鬱々《うつうつ》とした気分で過ごすことになるもの。よし！

帝都に『おもちゃの宝箱』の支店を作るっていうのは、正直魅力的よね。しかも今回は私用の予算を使うのではなく、ディバイン公爵家の全面バックアップ！

商品の生産体制も、工場くらいの規模まで拡大してくれるというし、これを機に、これまで協力してくれた人たちには指導側に回ってもらって、新たに雇用する人たちをしっかり育成してもらいましょう。


「――奥様、イザベル様」

カミラに名前を呼ばれてハッとする。

支店のことを考えていたらトリップしていたわ。

「カミラ、どうかしたのかしら？」

誤魔化すようにホホホッと笑いつつ視線を向けると、カミラはなんだか元気がなさそうだった。

それなのに無理矢理っぽく笑みを作っている。

本当に、どうしたのかしら？

「あの……奥様」

もじもじとなかなか話し出さないカミラに困惑する。

もしかして――

「カミラ、まさかノアになにかあったの!?」

「え、いえ。ノア様はいつもどおりお元気ですよ」

良かった。ノアになにかあったのかと心配したじゃない。でも、ということはカミラ個人のこと？

「なら、なにか悩みでもあるのかしら」

「ぁ……」

「あるのね。悩みが」

カミラは下唇を噛むと俯《うつむ》いて、両手で自身のスカートをぎゅっと握った。

「あの、奥様。噂で聞いたのですが、旦那様と奥様がもうすぐ帝都に行ってしまうと……っ」

「ええ、そうね。それがどうかしたのかしら？」

「しばらくここには戻られないと聞きました！」

まぁ、そうよね。支店の準備もあるし、従業員の研修もあるのだし、半年以上は戻ってこられないかも……

私が頷くと、カミラは瞳をうるうるさせて言ったのだ。

「っ……ノア様は、その間またお一人で、奥様を待たれるのですかっ」

はい？

「お二人がパーティーで帝都に行かれた際のノア様は、毎日泣いて奥様を乞《こ》うておられました。その姿が本当に不憫で……っ。それがもっと長い間離れるなんて、そんな……っ」

「待って、待って。カミラ、なにか誤解しているようだけれど、ノアももちろん一緒に帝都に行きますのよ」

「え？」

「あなたにはまだウォルトから話がいってなかったのね……。決まったばかりだし、仕方ないかしら。またウォルトから話があると思うけれど、あなたさえよければ、引き続きノア付きの侍女として、私たちと一緒に帝都へ行ってほしいと思っているのよ」

そう伝えると、カミラは口を開けたまま固まってしまったのだった。

◇　◇　◇

帝都に行く前に、皆にはきちんと伝えなくてはならない。そう思いやってきた『おもちゃの宝箱』。今、私の前には、お店の主要メンバーが並んでいる。

「――皆様。本日集まっていただいたのは、日頃の感謝を述べるためと、重大な発表があるからですの」

ここ、『おもちゃの宝箱』の二階にあるスタッフルームに、店長、副店長、事務責任者、製造各部門の責任者たちが勢揃いし、一体なんだという表情で私の言葉を待っている。

「オーナー、重大発表とはなんでしょうか？」

はい！　と挙手して言うのは製造部署の一つ、細工部門の責任者だった。

「そうね。気になるでしょうし、まずはそちらから発表してしまいましょう」

私の言葉に皆がゴクリと喉を鳴らし、固唾を呑んで見守る中、口を開く。

「来年の夏頃を目安に、帝都に支店をオープンさせます!!」


色々な準備を整え、領地を出発して一週間。

本来ならば五日で着くところを、幼い子供が一緒のため、こまめに休みを挟みながら時間をかけやってきた帝都の街並みを、結局ノアが見ることはなかった。馬車の中、私の膝の上で眠ってしまったノアを、起こさないよう椅子に寝かせ、持ち込んでいたタオルケットをかける。

初めての外出が旅行ですものね。道中もずっとはしゃいでいたし、眠ってしまうのも無理はないわ。

静かな車内では、ガタガタという車輪の音と馬の蹄《ひづめ》の音だけが響く。

この馬車の揺れも眠りを誘うのよね。

可愛い寝顔の息子に癒やされ、例の計画への不安が少し薄れた気がした。

「ソレはよく寝るな」

「旦那様、人に向かってソレなどとおっしゃらないでくださいまし」

向かいに座る公爵様をキッと睨み、また癒やされるためにノアへと顔を向ける。

はじめは、馬車にノアが同乗することを拒んだ公爵様だったが、「ノアが同乗しないならわたくしもご一緒しませんわ」と同乗を拒否したら、何故か三人一緒に乗ることになった。夫婦が分かれて乗ると外聞が悪いと考えたのかしら。同乗してからもノアに対する公爵様の態度で色々あり、この数日間はこういったやり取りが多くなってしまった。

何故公爵様は実の子にこんな態度をとるのかしら？　そこのところはマンガでも描かれていなかったのよね。公爵様に関する描写は、女嫌いってことくらいだもの。

もしかして、前妻様が亡くなったのはノアのせいだって思って恨んでいるのかしら？

「……」

「子供はよく眠り、よく遊ぶことが元気の秘訣なのですわ。旦那様も昔はそうでしたでしょう？」

「……私は、ずっと勉強の毎日だった。その間は眠ってはダメだったからな」

うわぁ。つまらなそうな毎日ですね。

◇　◇　◇

帝都のタウンハウスで暮らし始めて数日。

零歳〜三歳用……柔らか布人形、赤ちゃん転倒防止リュック、手押し車、木馬。

三〜五歳用……ぬり絵、パペット、ドールハウス、室内用ジャングルジム、滑り台。

六歳〜……人生ゲーム、フリスビー、フラフープ、ヨーヨー、ビーズで作るアクセサリー、子供用テント。

「う～ん……、新商品としてはこんなものかしら。変身セットは、もっと絵本や紙芝居が浸透したあとで出すとして、あとは絵本をもっと増やして……、はぁ～。ゴムがあったら……。もっとできることが広がるのだけれど」

今回新たに作る商品を記したメモを見返しながら、領地にいる時も思ったことを考える。

ゴムってどうやって作るんだったかしら……。確かゴムの木の樹液に硫黄《いおう》や炭を混ぜて作っているのよね。硫黄《いおう》って火山や温泉があるところで採れるから、この世界でも手に入るはず。炭もそうだし。あとはゴムの木だけど……。そういえば、パブロの木って、ゴムの木にちょっと似てるわ……

「なんて、そんな都合のいいことあるわけないわよね。大体、硫黄《いおう》と炭だけ混ぜればできるってわけでもないですもの」

ホホホッと一人笑って頭を振った。

「さて、今日はノアと遊んだあと、店舗の様子も見に行かないと」

忙しいわ～、と足早に可愛い息子のところへ向かったのだ。

SIDE　テオバルド

「おかしい……」

「一体なにがおかしいのですか？　旦那様」

ウォルトが書類の整理をしながらも、耳聡く私の呟きを拾い、視線をこちらへ向けてくる。

「馬車だ」

「馬車、ですか？　故障でもしておりましたでしょうか」

「違う。アレと馬車に乗っただろう」

「ああ、領地から帝都までの移動でご一緒された時ですね」

やっと話を理解したウォルトは、一瞬止めていた手をまた動かしながら「それで、なにがおかしいのですか」と聞いてきた。

「アレが視界にいるどころか、馬車という密室で共にいたというのに、吐き気がしなかった」

「それは、いいことですね」

数枚の書類を手に微笑みながらこちらへやってくるウォルトに対し、首を横に振る。

「しかし、先日アレが一人でいるところを見かけた時には、吐き気がしたのだ」

手にしていた書類を私の机に置くと、どういうことだと問うような表情をするので、「だからおかしいと言っているのだ」と訴える。

「つまり旦那様は、ノア様のおそばに奥様がいらっしゃれば吐き気がなく、いらっしゃらなければ吐き気がする、と」

「……ああ」

「なるほど。旦那様は、女性に近寄られることを苦手としておりますが、晩餐会の際に奥様と馬車に同乗された時はいかがでしたか？」

「……そういえば、吐き気はなかった」

「馬車は密室なのに、ですか？」

「ああ。彼女は、香水を付けていないようだったし、化粧の匂いもなかった。だからかもしれない」

「香水を付けず化粧っ気もないメイドがそばに来てもダメでしたよね」

「………」

一体どういうことだ。何故私はイザベルにだけ……

「そうか。ビジネスパートナーとして、一人の経営者として、尊敬できるからだ」

私は、イザベルを女ではなく、一人の人間として認めているのだな。

「……旦那様、本気でおっしゃっていますか？」

◆　◆　◆

ディバイン公爵領の職人、そしてシモンズ伯爵領の職人たちから、公爵家のタウンハウスに続々と送られてくる商品の数々、新商品のサンプル品を、仕分け、検品していると、瞳を輝かせたノアがやってきた。

「おかぁさま、ノアのおもちゃ、たくさん！」

「ノア様～、お待ちくださ～い」

きゃっきゃとはしゃいでおもちゃの海を見ている息子には残念なお知らせだけど、これは売り物なのよね。

「はぁ、はぁ、お、追いついた……っ」

カミラがぜぇハァ言いながらやってきたけど、三歳の子に置いていかれたの？

「ノア様……っ、か、カミラは、駆けっこは苦手です……」

床に膝を付き、座り込んでしまったカミラ。そしてはしゃいでいるノア。検品作業をしていた使用人たちは皆、ぽかんとしてそれを眺めていた。

「ノア、こちらにいらっしゃい。カミラは椅子に座って休んでなさい」

「おかぁさま、ノアのおもちゃ、ね！」

くっ可愛いわ！

「ノア、ここにあるものはノアのおもちゃじゃないのよ。帝都のおともだちのところに行くおもちゃなの」

「ノアの、ちがう？」

「そうね……。あ！　ノアのおもちゃはこっちよ」

しゅんとしているノアに、新商品のサンプルを見せて微笑むと、「あたらしいの！」とまた瞳を輝かせた。新商品の中で、ノアが最初に興味を示したのは、『滑り台』だった。

パブロの樹液で作られた滑り台は、堂々たる存在感でそこにあった。ノアは滑り台に近付き、じっと眺めると階段を上がり——

「ノア!?　ま……っ」

私が止める間もなく、正しい滑り台の遊び方で滑ったのだ。

「きゃ〜っ」

滑り終わったあとに声を上げ、また階段を上り出す。

え？　この子、なにも教えていないのに遊び方がわかったの!?

「おかぁさま、みてて！」

「え、ええ。気をつけて滑るのよ」

滑り台なんてこの世界にないものを、なんの説明もなしに使いこなす息子に、この子天才だわ！

と心の中で叫んでいた私は、他にもそんな天才がいることを、この時はまだ知らなかった。

◇　◇　◇

「開店準備は順調のようだな」

「ええ。旦那様のおかげで、領地の店舗よりも順調に進んでおりますわ」

「そうか」

帝都に来て四ヶ月が経ち、帝都の店舗の外観はほぼ完成し、残すは内装だけとなっていた。もちろん駐車場も作り、馬車のお客様も安心して迎えられるようにしている。

これは公爵様の興味を引いたようで、領地の店舗はすでにこうなっていると伝えると驚愕していた。

なお、帝都の店舗は三階建てだ。店舗部分は二階までで半分を吹き抜けにしており、二階から一階の様子が見られるようにしてある。

ちなみに二階にはカフェスペースとキッズルームを併設し、ママさんがゆったりお茶を楽しみながら、子供が遊ぶ姿を眺められる。カフェスペースの一部の席は、一階のおもちゃ屋が見下ろせるようになっており、他の人が購入する様子を眺めて購入意欲を高めてもらおうという目論見《もくろみ》もある。

そして帝都支店で最も拘《こだわ》ったのは、一階と二階を繋ぐ巨大滑り台だ。一度波打つような形にしてスピードが出すぎないよう調節している。店舗全体がおもちゃというのが今回のテーマなので、色々と工夫を凝《こ》らしているのだ。

「領地の店の評判が広まっている今、帝都の支店の注目度は高い。このままいけば第二皇子との接触もスムーズにいくだろう」

そうだった……。支店の出店に浮かれていたけれど、本命は皇子なのよね。

「新商品の手筈も整っておりますわ。必ず第二皇子殿下に喜んでいただけると思います」

「ああ」

「ですが旦那様、一つだけこの計画の変更をお願いしたい点があるのです」

「なに？」

公爵様は顔をしかめると、私の言葉を待った。

「殿下に会いに行く際は、ノアも一緒に連れていきたいと思っていますの」

「何故アレを連れていくのだ」

「アレとおっしゃらないでくださいませ！　ノアを連れていくのは、第二皇子と年が近いからですわ」

「そんな理由で粗相しかねない幼子《おさなご》を皇宮に連れていくわけにはいかない」

「ノアはわたくしの作ったおもちゃに一番詳しいですわ。大体、皇子がおもちゃに興味を示したとしても、大人たちの中ではリラックスして遊べません。それならば、年の近い者からおもちゃの遊び方を聞いて、一緒に遊んだ方が打ち解けやすいのではないかと思いますの」

まだ教育を満足に受けていないノアを外に出すことに確かに不安はあるが、あの子は賢い子だ。

それにもしかしたら、将来殺し合いをするかもしれない子たちを幼い頃に引き合わせて仲良くさせておけば、殺し合いフラグも折れるかもしれない。

これは、運命を変える第一歩なのだ。


支店のオープンを一ヶ月後に控えた本日、早くも第二皇子との謁見が許可された。前々から謁見申請を出していたことと、お土産用の新商品開発が順調に進んだことが実を結んだ形だ。

現在私と公爵様、そしてノアは、皇宮の外れにある場所へやってきていた。

「ここがイーニアス皇子の宮だ。くれぐれも失礼のないように」

公爵様にそう注意され、気を引き締める。

「おかぁさま……」

ノアが不安そうな瞳で私を見上げるので、微笑んで手を繋ぐ。

「大丈夫よ。ご挨拶の練習もとっても上手でしたもの。あの時のようにご挨拶すれば殿下も喜んでくれますわ」

「あい。おかぁさま」

子供の成長って速いわねぇ。こんなに立派にお返事ができるようになるなんて。

実は、幼い息子よりも緊張している私は、護衛が守る扉の前で深呼吸し、扉が開くのをドキドキしながら待っていた。

そして――

「よくいらしてくれたな。こうしゃく」

ノアよりもひと回りだけ大きい、真紅の髪色をした男の子が、扉の向こうにちょこんと立っていた。

「イーニアス第二皇子殿下、本日はお時間をいただき誠にありがとうございます」

「うむ。そちらが、そなたのおくがたか」

え、なにこの子？　こんなに小さいのに、喋《しゃべ》り方は大人のよう……っ。

かっわいいーーー‼

顔も皇帝に全然似てないし、くりくりした金色のお目々は少し吊り上がり気味で、仔猫みたい‼

色味は皇帝のそれなのに、こうも違うなんて！

「……イザベル、殿下に挨拶を」

公爵様に促《うなが》され、ハッとして取り繕《つくろ》う。

「初めてお目もじつかまつります。ディバイン公爵が妻、イザベル・ドーラ・ディバインと申します。皇子殿下におかれましては、ご健勝でなによりでございます」

「うむ。わたしはイーニアスだ。そなたのことは、こうしゃくからきいている。とてもたさいなかたのようだ」

「まぁ、主人からそのようなことを？　お恥ずかしいですわ」

この子、本当に四歳なの？　受け答えが大人顔負けよ。

「本日は殿下にもう一人ご紹介したく、連れて参りました。……ノア。挨拶をしなさい」

公爵様がノアを促《うなが》す。

ノアは、「はぃ……おとぅさま」と私の陰から出てきて、皇子の前に立った。皇子はノアの存在に今気付いたようで、目を丸くしている。

「……はじめて、おあい、いたします。ディバインこうしゃくが、ちゃくなんの、ノア・きんばりぃ・でぃばいん、です。よろしくおねがい、いたします」

とても上手に挨拶できた息子は、あっという間にイーニアス殿下と打ち解けてしまった。

「ノア！　こっちはどうあそぶのだ？　ともにあそぼうぞ！」

「あすでんか、これはね、ここにおててを、いれてね、こう！」

「おおっ、パクパクしているぞ！」

「こんにちは～。ぼくは、かえりゅのげこりんだよ～」

「むむっ、げこりんともうすのか。わたしはイーニアスだ。とくべつに、アスとよぶことをゆるそう」

パペットのカエルで遊び始めた二人がとても可愛らしい。

だけどノアったら、げこりんって……。ネーミングセンスが壊滅的だわ。

それにしても、この皇子様もノアと同じ天才なのか、滑り台は教えるまでもなく正しく滑って楽しんでいるし、前に公爵様が差し上げたらしい積み木は、大人顔負けのお城を作り上げて飾ってあった。公爵様を見ると、なにを考えているのかわからない顔で二人を見ている。

「ノアを連れてきて正解でしたね」

「……そのようだ」

「「…………」」

話が続かないわ……

「旦那様、黒蝶花《こくちょうか》の話はいつ切り出しますの？」

「お茶の時間になれば話もできるだろう」

「そうですか……」

しばらくすると、ノアたちは二人で絵本を読み出した。ノアはまだ文字が少ししか読めないが、殿下が読んであげているみたいだ。

「ぐぅで、こおげき！」

「あまいぞ！　きりきざんでやるわ！」

すると突然、二人がそれぞれ物語の推しの必殺技を繰り出し始めた。その可愛らしい光景にほっこりとする。

「あれはなにをしている……」

「フフッ、絵本の主人公たちの必殺技を真似しているみたいですわ」

「――？」

公爵様は絵本を見たことがないから、よくわかってないみたいね。

「ぐぅが、いちばんつおーいのよ！」

「けんのほうがつよい！」

「ぐぅ！」

「けんだ！」

あらあら、今度は必殺技で喧嘩し始めたわ。

「まぁまぁ、お二人とも、必殺技は使う状況によって、一番が変わりますのよ」

「「え？」」

「だって、ぐぅが効きにくい相手に、けんは通じる場合もありますし、その反対もありますもの」

私の言葉に二人が目をまん丸にしている。その様子が可愛くて、この時ほどスマホがなくて残念だと思ったことはない。

「ほんとおだぁ！」

「なるほど。そういわれてみれば、そうかもしれぬ。イザベルふじんは、ものしりなのだな」

なんだろう、この子たち可愛すぎない？

「殿下、そろそろお疲れでしょう。こちらで休憩してはいかがか？」

公爵様がタイミング良く皇子をお茶に誘う。私もノアを抱っこして椅子に座らせた。それを見た殿下は瞳を揺らし、ほんの一瞬、両手をこちらへ出して、ハッとしたように下ろしたのだ。

今、抱っこしてほしそうだったわよね……？

「……殿下、失礼でなければ、抱き上げてもよろしいですか？」

「っ!? よ、よい！　わたしを、だきあげることをゆるすっ」

ノアよりは少し重い、けれど小さな身体を抱き上げると、殿下は嬉しそうに、でも恥ずかしそうに両手を私の首に回した。

つい、頭を撫でてしまったけれど、嫌がる素振りはなかったので大丈夫よね？

椅子に下ろして離れると、ふっと寂しそうな顔をしたので、もしかしたら両親にあまり構ってもらえないのかしらと、こっちまで少し悲しい気持ちになった。

「殿下、こちらは帝都で評判の店の菓子です。よろしければお召し上がりください」

公爵様が用意していたらしいお菓子をさっと殿下の前に出す。「うむ。ありがたく、ちょうだいしよう」と答え、近くに待機していたメイドをチラリと見る殿下は、四歳ながら皇族としての振る舞いを自然にこなしている。

すごいわ……。やっぱり皇子様なのね。

メイドは心得ているとばかりにお菓子の入った箱を持っていってしまった。すぐ綺麗に盛り付けられて出てくるだろう。その間に大人には紅茶が、子供にはホットミルクが出てきた。

「おかぁさま、あったかいみるく」

「ええ。少し冷ましてから飲みましょうね」

ノアはミルクが好きなので嬉しそうにしているが、殿下はミルクを見た瞬間、僅《わず》かに唇を噛んでいた。なにも言わずに飲んではいたが、もしかしたらミルクが苦手なのかもしれない。

この世界では、子供の飲み物といえば、水、ミルク、果実のジュース、果実水のみだ。そして子供は味の付いた飲み物を好む。しかし、ミルクは稀《まれ》に消化しにくい子供がいて、お腹を壊す場合もある上に、好き嫌いが分かれる。果実のジュースは糖分が多いので、頻繁に飲ませるわけにはいかないし、果実水は味が薄いと好まれない場合も多い。

それに気付いた私は、この世界でもよく見かける大麦から麦茶を作り出し、ミネラル豊富なこの飲み物を、領地に広める活動をしている。

つまりここは、麦茶をアピールするチャンスだわ！

「イーニアス殿下、実はノアがよく飲んでいるお茶がございまして。そのお茶は、癖がなくとても飲みやすいですの。よろしければ今度、そのお茶をお持ちしますわ」

「うむ？　たのしみにしておこう」

ミルクを一気飲みした皇子の鼻の下には、白いおひげができていた。

第八章　小さな冒険

「——前にお話ししておりました蝶の形の花ですが、その不思議な花を、妻が絵本の題材にしたいと言っているのです」

「えほんの、だいざいか……。こうしゃく。すまぬが、『だいざい』とはどういういみか、おしえてくれるか？」

　随分強引に話を切り出した公爵様だったが、四歳の子には公爵様の言い回しが少し難しかったらしい。単語の意味を聞かれ、目が点になっていた公爵様の横から、お節介とは思うがフォローする。

「イーニアス殿下、わたくし、蝶の花が出てくる絵本を作りたいのですわ」

「うむ。そういうことか！　それはたのしそうだ」

「はい。ですがわたくし、そのお花を見たことがありませんの」

「それはとうぜんだ。わたしも、みたことがないからな」

　うんうんと頷く皇子が可愛らしい。

「ゴホンッ。そこでご相談なのですが、殿下はその花が咲く庭に出入りできる尊いお方です。是非、その花を採ってきていただきたいのです」

　公爵様が肝心なところを皇子に伝えた。

なんだか、騙《だま》しているようで気が引ける。こんなに可愛くていい子なのに。

イーニアス殿下の侍女や護衛は、近くに控えて話を聞いているにもかかわらず、なんの反応も示さない。その様子から、彼らが公爵様の息がかかった者たちだということが知れる。

「そうか。たしかにそのはなが、えほんの『だいざい』になるのなら、ひつようになる」

あら、もう題材という言葉を自分のものにしているわ。この子、本当に頭がいいのね。

「わかった。ちょうのはなを、とってこよう」

「ありがとうございます。しかし、そこは護衛もメイドも入れぬ場所。お一人でその花を採ってきていただくことになります。もちろん枯れてはいけませんから、根ごと採っていただく必要がありますが、殿下にできそうですか？」

公爵様が殿下の目をじっと見つめ、話す。

なんだか、初めてのおつかいをする某テレビ番組みたいだわ……

「うむ。もちろんだいじょうぶだ！　なにせわたしは、せかいのうみをせいするおとこなのだからな」

ふふんと胸を張るイーニアス殿下に、慌てたのはノアだった。

「あすでんか、せかい、せいしゅるのは、ノアよ」

殿下！　あなたが目標にするのはこの国の皇帝であって、世界の海を股にかける男ではありませんわよ⁉　ノアも、それだと世界征服よ！　将来なるのは公爵！　二人とも絵本の主人公の真似はしなくていいからね⁉

こうして、顔をしかめているであろう公爵様の方を見られないまま、この日の謁見は終わったのだった。

帰る際、「あすもあそびにくるのだぞ、ノア」と言ったイーニアス殿下は、寂しいのを我慢しているようで胸が苦しくなった。

できるだけ遊びに来てあげたいけれど、そんなに気軽に来ていい場所じゃないのよね……


それから数日後。

「殿下、これから花を採ってきていただきますが、注意点は覚えておいでか？」

「うむ！　むろんだ。ひとつ、はなは『ね』ごととってくる。ふたつ、だれにもみられてはならない。みっつ、あわてず、かくじつにことをなす。だな」

「そのとおりです。父上や母上であろうとも、見つかっては駄目ですよ。もし、見つかりそうになったら隠れてやり過ごしてください」

不安なのか、公爵様は何度も言い聞かせる。

「わかった」

樹脂で作った小さな鉢を持ち、公爵様の言葉にうむ、うむ、と頷くイーニアス殿下が心配になる。

ああ、こんなに幼い子に毒花を盗んでこいだなんて……っ。もっと他に、毒を盛られた人を助ける方法があれば……。別の方法を思いつけず、こんな小さな子に押し付ける自分が情けないわ。

「イーニアス殿下、決して無理はなさらないでくださいませ。走っては駄目ですよ。危ないですからね。あと、土はたくさん入れてはいけませんよ。重くて運べなくなってしまいますわ」

「うむ。イザベルふじん、だいじょうぶだ。わたしは、せかいのうみをせいするおとこ。このような、ささいなみっしょんは、かんたんに、すいこうしてみせよう」

心配だわ……。ついていけたらいいのだけど。

「それではいってくる！　いざ、しゅっこーだ」

「しゅっこーだぁ!!」

とノアまで行こうとするので、慌てて止めに入る。イーニアス殿下はそのままズンズン進んで庭に入っていってしまった。

「旦那様、殿下は大丈夫かしら……？」

「あの方は聡明なお方だ。それよりもここにいては怪しまれる。離れるぞ」

小さくなっていく殿下の後ろ姿を見ながら、大人なのになにもできない自分の不甲斐なさに、涙が込み上げてきた。

SIDE　イーニアス

「わたしは、せかいのうみをせいするおとこだ。このくらい、なんでもないことだぞ」

……でも、なかまはひつようだったときもする。ノアがついてきてないか、うしろをみたけど、だれもいなかった。

「さ、さびしくなんてないぞ！」

だいじな『はち』をぎゅっとして、ははうえがはなしていた、ちょうのおはなをさがす。

「このあたりにはないようだ。もっとおくにいってみるか！」

もしかしたら、こうしゃくがかくれて、みているのではないか？

またうしろをふりかえる。

いない。

「だいじょうぶだ！　わたしはひとりでもできるのだ！　よるも、ひとりでねているからな」

だいじょうぶ。だいじょうぶだ。

……ほんとうは、すこしさびしい。

てくてく、てくてく。

だいぶあるいたな。

「うぬ……ちょうのおはなはどこだ？」

やはりおはなはみつからない。

もしかしたら、わたしがわるいこだから、おはながにげてしまったのだろうか。

『はち』をだきしめ、またあるく。

うしろをみても、いりぐちの『もん』はみえなくなってしまった。

こうしゃく、イザベルふじん、ノア……

みながまっているのだ。はやくみつけねば。

「うむ？　なにかおとがした！」

しずかでこわい『にわ』で、おとがした。だれかいるのかもしれない！

「だれかいれば、たすけてくれるかもしれぬ！」

おとのしたほうにがんばってあるく。

「あっ、ちちうえだ！　ちちう……っ」

『誰にも見つかってはいけない。父上にも』

ちちうえのところへいこうとしたとき、こうしゃくのいっていたことを、おもいだした。

「かくれなきゃ」

きのかげにかくれて、くちをふさぐ。

「うん？　………気のせいか」

ちちうえがなにかいったあと、あしおとがとおくへいって、きこえなくなった。

もういいかな？

『隠れたなら、もうそろそろいいと思っても動いてはなりませんよ。そうですね……十を十回数えてから、ゆっくりと動いて、誰もいないか様子を見るのです』

うむ。こうしゃくは、おとがきこえなくなっても、うごいたらだめだといっていた。

『じゅう』を『じゅっかい』かぞえたらようすをみてみよう。

『じゅう』を『じゅっかい』かぞえて、ゆっくり、ちちうえがいたところをみると、ちちうえはいなくなっていた。

それからまわりをみて、だれもいなかったから、ちちうえがさっきまで、いたところへいってみた。

「ちょうのおはなだ！」

やっとみつけた。

ちちうえもちょうのはなをみていたのだ。

「はやく『ね』からとらねばならぬ」

『はち』をおろし、『はち』のなかにはいっていた『スコップ』をとりだして、おはなのまわりをほる。

「うむ。じゅんちょうだ」

つちのなかから、もじゃもじゃしたのがでてきた。これが『ね』だ。

「む……。どこまでつづいているのだ？」

『ね』はなんぼんもつちのなかにあって、ほってもほってもでてくる。

『殿下、ある程度掘ったら、ブチッと引っこ抜くのですわ。そうしたら根には絶対触らずに、鉢に入れて土を少し被せてくださいませ。いいですわね。根には絶対触らずに！』

「うむ。ぶちっとひっこぬいて、『ね』にはさわらぬ」

イザベルふじんの、いっていたとおりにしたら、ほんとうにぶちっとおとがした。

「『はち』にいれて、つちをすこしかぶせる。うむ。かんせいだ！」

スコップも『はち』にいれて、おとさぬようだきかかえる。

「よし、かえるぞ」


『もん』だ！

あそこまでいけば、こうしゃくも、イザベルふじんも、ノアもいるのだ！

こうしゃくには、なにをはなそう。

ちちうえにあったけど、みつからなかったぞとじまんしよう。

イザベルふじんには、ぬくときに、ほんとうにぶちっとおとがしたとはなさないと。

ノアには、わたしはすごいぼうけんをしてきたぞって、せかいのうみをせいするおとこに、いっぽちかづいたんだぞって、むねをはろう！

はやく、はやく、みながまってる。

『走ってはダメですわよ』

わたしは、イザベルふじんとのやくそくをわすれて、はしってしまった。

「あ……っ」

◆　◆　◆

「そろそろ戻ってくる頃だろう」

殿下を待っている間に眠ってしまったノアを眺めていると、公爵様がそう言って椅子から立ち上がった。例の庭に続く門へ移動する公爵様のあとを、ノアを抱きかかえたまま急いで追いかける。

イーニアス殿下は大丈夫かしら……

「あ……っ」

門まで行くと、黒蝶花《こくちょうか》の花が入った鉢を抱えたまま、なにかに躓《つまず》いてまさに今、転んでいるイーニアス殿下が目に飛び込んできた。

「イーニアス殿下!!」

門から奥には入れない私は、叫ぶことしかできない。

転んでも、鉢を大事そうに抱えたままの殿下のそばには、『黒蝶花《こくちょうか》』と土が散らばっていた。

「うぅ……」

「イーニアス殿下！　お怪我はありませんか!?　起き上がれますか!?」

門から二メートルほど離れた場所で転んだため、手を差し伸べることもできない。ただオロオロするしかない自分が情けない。

「だ、だいじょうぶだ……」

殿下はよろよろと起き上がり、鉢から飛び出した『黒蝶花《こくちょうか》』を、そっと鉢に戻し、飛び散った土を小さな手で一生懸命すくって鉢に入れると、スコップを探してキョロキョロしている。

「殿下、スコップはここまで飛んできています」

公爵様が、門のそばまで飛んできたスコップを指差す。殿下は頷くと、怪我したのか、足を引きずりながら門までやってきた。

早く足の怪我を見ないと！

皇子がスコップを拾って門を開ける。

「やくそくどおり、とってきた。わたしは、やりとげたぞ！」

殿下が満面の笑みを浮かべた瞬間、私の目から涙が溢《あふ》れた。

「ごめ……っ、ごめんなさいっ。わたくしが、お花を欲しがったばかりに……っ。わたくしが、無力なばかりに……！」

ノアを公爵様に預け、イーニアス殿下をぎゅうっと抱きしめる。

「わたしは、たのしかったぞ。きにするな」

この一言で、たった四歳のこの子が、私たち大人にやらされたことを理解していたのだと、わかってしまった――

「っ……お一人で、心細かったでしょうに……っ。怪我までしてっ」

「うむ。へいきだ」

私はなんて酷いことをこの子に強いてしまったのか。

「平気ではありません！　怪我したところを見せてくださいませっ」

痛みを我慢しているのだろう。殿下は自分の手をぎゅっと握って、それでも私には笑みを見せるのだ。その健気な様子に、胸が締め付けられた。

腕と右足に怪我をしていたので、すぐに水魔法で洗浄する。土も被っていたので払って綺麗にしておく。その間、怪我が痛むだろうに、殿下は大人しくしていた。

こんなに小さな身体で、泣きもせず、ずっと我慢してきたのだろうか。

「……イーニアス殿下、せめてわたくしどもの前では、我慢しなくてもよいのですよ」

「……だが、ははうえから、なくのはよわいもののすることだといわれた。それに、けがをしたのは、わたしがイザベルふじんとのやくそくをやぶって、はしってしまったからだ。わたしがわるいのだ」

この子は……！

殿下をもう一度ぎゅっと抱きしめる。

「イザベルふじん……？」

「っ……大人になれば、泣きたくても泣けぬ時もやってきますわ。ですが、今は泣いてもよろしいのです。思いっきり泣いて、思いっきり笑ってくださいませ。弱いなどと、絶対に思いませんわ！」

抱きしめたまま頭を撫でると、イーニアス殿下は力を入れていた手を解き、私に抱きついてきた。

「う……うう……っ。いた、いだがったぁ……っ。ほん、ほんと、は……っ、ひとり、ヒック、ひとりで、ごわか……っ」

「はい……っ。はい、よく頑張りましたわ。とっても偉かったです……っ。殿下は、とってもいい子ですわ」

◇　◇　◇

「ノア、ノア、おきるのだ」

「……ぅ……？」

「わたしは、やりとげたのだぞ！」

「……んむぅ……あしゅ、でんか……」

「うむ！　わたしだ」

イーニアス殿下と抱き合って一緒に泣いてしまったが、公爵様がいつまでも門の前にいられないと言い出したので、殿下の部屋に移動することになった。怪我の治療もきちんとしなければいけないしね。殿下は私が抱っこしたまま運んだが、嫌がる素振りは見せなかった。

水魔法と風魔法を駆使し、土で汚れてしまった殿下を改めて綺麗にしたあと、公爵様が持っていた聖水を傷にかけて消毒し、手当てをした。

殿下はやっぱり大人しくしていて、それがなんだか切なくて、自分の無力さにまた涙が出そうになった。

手当てを終え、私と殿下の涙も落ち着いた頃、イーニアス殿下はお昼寝中のノアを起こそうと奮闘し始めた。もうそろそろ起こさないと、と思っていたから起こしてくれるのは助かるのだけど、なんだかやりとりが兄弟みたいでほっこりするわね。

「わたしは、せかいのうみをせいするおとこに、いっぽちかづいたのだぞ！」

えっへんと胸を張る殿下が大変可愛らしい。

ノアは目を擦《こす》りながら起き上がり、「しぇかい……」と呟いてから、またすぴすぴ寝息を立て始めた。

「ノア、おきるのだ。ノア」

なかなか起きないノアに肩を落としたイーニアス殿下が、「イザベルふじん、ノアはどうしておきないのだろうか」とやってきたので、つい抱っこをして膝に乗せてしまった。

「ノアはまだ小さいですから、たくさん眠ることが必要なのですよ。もちろん、イーニアス殿下も」

「わたしも?」

どうやら嫌がっていないようだし、このままでもいいかな、と公爵様を見ると、なにを考えているかわからない表情でこちらを見ているではないか。

もしかして、不敬だからやめろって言いたいの?

「そうか……そういわれてみれば、わたしもなんだか、ねむたくなってきたきがする、な……」

私の腕の中でウトウトしだしたので、頭を優しく撫で、一定のリズムでぽんぽんしていると、寝息を立て始めた。

きっと緊張が解けて、一気に眠気がきたのだろう。

「眠ってしまわれましたわね」

「……それは、なにをしている?」

はい?

「何故叩いている」

叩くって言わないでもらえます？

「こうやってぽんぽんしてあげると、リラックスしてよく眠れるんですよ」

すー、すー、と静かな寝息をたてる殿下を眺めながら、公爵様に説明する。

「……君は」

「はい」

「……いや。それよりも、この花をどう王宮から持ち出す気だ。君に考えがあると言っていたが……」

「あ、はい。それは、あそこにあるものを使いますのよ」

私が指を差した先を見て、公爵様は見事に顔をしかめた。

公爵家から持ってきた布を被ったものを、公爵様が机の上に置く。険しい顔のままじっと見ているので、少し布をずらして見せてあげた。

「ただの箱……いや、中が見えるように、新素材の板で蓋《ふた》がしてあるようだな」

一見、中が見えるラッピング用の箱のようだが、もちろんただの箱ではない。

「はい。この中に黒蝶花《こくちょうか》を入れるのですわ」

そう言うと、公爵様はますます顔をしかめ、頭がおかしいのかと言わんばかりの表情で私を見た。

「実際に入れてみせますわね」

そう言って上部から黒蝶花《こくちょうか》をゆっくり入れる。すると、中に入れた花が綺麗に消えてしまったのだ。

「っ⁉　消えた、だと」

「いいえ。消えてはおりませんわ」

どういうことだという目で見てくるので、「タネも仕掛けもあるマジックですの」とにっこり笑うと、案の定困惑していた。

「フフッ、仕掛けは秘密ですけれど、この箱の中に物を入れると、消えたように見えるのです」

「……魔法、ではないのか？」

「いいえ。タネも仕掛けもありますもの」

鏡を使ったマジックなんだけど、マジック自体この世界にないから説明は難しいわ。

「……帰ってから説明してもらうとしよう」

あ、説明はしなきゃいけないのね。

面倒くさくて、説明を端折《はしょ》ろうとしたことがバレたのか、公爵様が念押ししてきた。少し離れたところから、殿下付きの侍女と護衛も興味深そうに見ていたが、私はタネは秘密だというように目をそらす。

「あの、もう少しイーニアス殿下のおそばにいたいのですが、よろしいかしら？　まだノアも起きませんし」

「……好きにするといい」

公爵様は、私と一緒の部屋にいるのも嫌だろうに、そこから二時間、黙ってそばにいてくれた。

本当は良くないのでしょうけど、ノアとイーニアス殿下は一緒の布団で並んで眠っていた。殿下付きの侍女も護衛も、なにも言わなかったので正直ほっとしたわ。

二時間が経った頃、イーニアス殿下が先に目を覚ました。寝室から慌てた様子で出てきた時は驚いたが、どうやら私たちの姿を探していたらしい。私の姿を見ると、抱きついてきたから間違いないだろう。

「かえってしまったかとおもった……」

小さな声が耳に届き、思いっきり抱きしめてしまったのは言うまでもない。

その後ノアが起きてきて、私の膝の上にイーニアス殿下を見つけ、「ノアも！」と抱っこを求めてきたため、私の膝が潰れる危機に陥《おちい》ったことは、幼い二人には内緒だ。

「殿下、そろそろお暇《いとま》いたします」

「っ！　う、む……、そうだな。またあそびにきてくれ」

公爵様が立ち上がり、帰宅の挨拶をすると、殿下は寂しそうに私たちを見て頷いた。

「イザベルふじんと、ノアも、かえるのだな……」

私の限界を迎えそうな膝の上で肩を落とす幼い殿下に「お怪我の具合を見たいので、また明日も殿下に会いに来てもよろしいですか？」と問うと、嬉しそうに「うむっ」と頷いてくれた。

ぴょんっと膝から飛び降り、私たちを見送ってくれた殿下に「それではまた明日お会いしましょう」と挨拶し、部屋から出た途端……、私に勝るとも劣らない、派手な悪女顔、というか、厚化粧の女性と遭遇した。

「まぁ！　ディバイン公爵ではなくって‼　またアタクシに会いに来てくださったのね」

彼女は、香水を瓶ごとかけたんじゃないかと思うほどのキツイ香りを纏《まと》い、嬉しそうな顔をして、とても親しげに公爵様に話しかけてきた。

「あなたに会いに来たことは一度もない」

光の速さで否定されていたけれど。

ちょっと可哀想だわ。

「また照れていらっしゃるのねぇ。……あら？　そちらの女性はどなたですの」

私を見て声のトーンを一瞬で下げ、目を釣り上げたその女性に顔が引き攣《つ》る。

「私の妻です。イザベル、皇后陛下だ。ご挨拶を」

こ、皇后様ぁ⁉

「初めてお目もじつかまつります。ディバイン公爵が妻、イザベル・ドーラ・ディバインですわ」

「そう、あなたが……」

すっごく睨まれてるのだけど……。私、皇后様に嫌われるようなことをしたかしら？

「ところで公爵、そちらの大きなお荷物はなにかしら？」

私を無視するようになんの挨拶もせず、公爵様の持つ箱に興味を示したのでヒヤッとした。

「……ただの空箱です」

「空箱？　何故そんなものを……。少し、見せていただけるかしら」

あれ、この人……。いや、まさかね。

「あら、本当に空箱ですのね。こんなものを一体どうして運んでいらっしゃるの？」

「あなたには関係のないことだ。失礼する」

相手は皇后様だというのに、公爵様はかなりの塩対応でスタスタと行ってしまった。私まで置いて。

「皇后様、わたくしも御前を失礼致しますわ」

「……………」

皇后様の顔を見ないように視線を落とし、彼女の前から逃げるように、慌てて公爵様のあとを追いかけた。

もちろんノアを抱き上げて追いかけたのだけれど、公爵様の足が速すぎるわ。ちょっと待ってちょうだい！

この皇后様が、あんな形で関わることになるなんて、この時は思ってもいなかった。


「あらぁ。あなた、テオバルド様の……侍女、だったかしら？」

翌日、ノアを連れてイーニアス殿下の宮にやってきたのだが、ものすごい香水の匂いとお化粧の匂いをまき散らしながら私たちの前に現れたのは、皇后様だった。

「皇后陛下におかれましては、ご機嫌麗《うるわ》しく……」

「ご機嫌斜めよ。嫌だわぁ、侍女がアタクシに話しかけるなんて。どんな教育を受けているのかしら」

うわぁ。これはいわゆる虐め、よね。公爵様に好意を持っている様子だったから、私のことを公爵様の妻だとわかっていて、侍女扱いしているのだわ。

しかし公爵様がいないせいか、言いたい放題ね。

「皇后陛下、昨日はきちんとご挨拶ができず申し訳ございません。わたくしはディバイン公爵の妻で、イザベル・ドーラ・シモンズと申します」

「なぁに？　もしかして、ご自分がテオバルド様の妻だと自慢したいの？」

これは……、なにを言ってもダメなやつかしら。

「そ、そうですわね。旦那様は本当に素敵なお方ですから……ホホホ」

おおっ、睨んできてるわ。でも、ここで下手《したて》に出たらますます強気になるでしょうし、罪に問われない程度に戦うしか選択肢はないのだわ。

「あなた……、生意気ですわね」

え!?　もう不敬罪？　ギリギリ大丈夫だと思ったのだけれど。

しかし皇后様は、私を睨んだあと、黙って去っていった。

その数日後。

本当は皇宮に来たくなかったものの、イーニアス殿下の寂しげな様子がどうしても頭から離れず、ノアと共にやってきたのだが、またもや皇后様と遭遇するのは何故なのか。

「あなた、図々しくもまたやってきたのね」

「皇后陛下におかれましては、ご機嫌麗《うるわ》しく……」

「ご機嫌斜めだって言っているでしょう。先日もイーニアスの宮に来ていましたわよね。貧乏伯爵家の出身であるあなたが、一体イーニアスになんの用があるのかしら」

敵意をぶつけられ、腰が引けそうになるが、ここでひるめば女が廃《すた》るわ！

「わたくしの息子がイーニアス殿下と仲良くさせていただいておりますの。本日も殿下に呼ばれて参りましたのよ。ご両親がいつも忙しくしていらっしゃるようだから、お寂しいのではないかしら」

忙しくても、子供にはきちんと愛情を注いであげてほしい。

「余計なお世話よ！　子育てもしたことがないあなたに、子供のなにがわかるというの！」

あ、これは怒らせてしまったわ。でも……

「子育てなら今しておりますわ。わたくしにも可愛い息子がおりますの」

ノアという可愛い子が。

「本当の……っ」

怒鳴り出すかと思った皇后様は、途中で言葉を止めると、ノアを一瞬見て、私にだけ聞こえる声で言ったのだ。

「血の繋がりなんてないくせに」

「それでも、わたくしの可愛い息子ですわ」

皇后様は目を見開き、唇を噛むと、憎々しげに私を睨んで去っていった。

その後、イーニアス殿下の部屋へ入り、二人の天使が遊んでいる姿を眺めていたのだが、ふと思い立ち、殿下に質問してみた。

「ははうえが、どういうかたか？」

「はい。皇后様は殿下に対してはどのように接していらっしゃるのかと思いましたの」

「うむ、ははうえは、とてもきびしいかただ」

「厳しい……」

「こうていになるために、しっかりまなばねばならないと、おっしゃられて、わたしはたくさんの、べんきょうをしているのだ」

胸を張る殿下が微笑ましい。しかし、どうやら皇后様はよくある悪役のような、子供を甘やかす人ではないらしい。

「殿下は頑張っておられるのですね」

「うむ！」

「皇后様はよく殿下に会いに来られるのですか？」

いつも殿下の宮で遭遇するから、頻繁に会いに来ているのだろうと思い聞くと、殿下は、「ははうえとは、あまりあえないのだ……」と寂しそうに答える。

え？　どういうこと？　いつもすぐそこで出会うのだけど？

それからも、私はノアと共にイーニアス殿下の宮へ足を運んだ。

ノアと殿下は、『氷雪の英雄と聖光の宝玉』に描かれているような殺伐《さつばつ》とした関係になるとは思えないほど仲が良く、いつも楽しそうに絵本のごっこ遊びしている。私も二人の天使の様子を、毎回ほっこりと見ているのだが、最近、そこに必ずといっていいほどやってくる人物がいるのだ。

「あなた、テオバルド様のことをどこまで知っていて？　アタクシは十年前から知っているのよ」

そう、皇后様である。

毎回やってきては、何故かこうして公爵様のことでマウントを取りたがる。

それはいいのだけど、香水の匂いがね……、鼻が、鼻が曲がりそうだわ！

「テオバルド様は、皇城でもあのようにクールで素敵なのよ。まぁ、あなたは皇城に来ることがないから知らないでしょうけど。テオバルド様のお好きな食べ物がなにか知っていて？　アタクシは知っているわ。サッパリしたものがお好きなの」

毎回の弾丸トークを聞いていて思ったのだけど、皇后様は本当に公爵様に詳しいの。一体どこから情報を仕入れているのかしら。「皇后様は本当に旦那様にお詳しくて、参考になりますわ」なんてつい言ってしまうほど感心したわ。呆気に取られたお顔をなさっていたけれど。

「イザベル様は外見と中身の印象が違いますのね」

「え？」

今日もやってきた皇后様に突然そんなことを言われた。思わず皇后様を見ると、にっこりと微笑まれる。

「あの……」

「皇后!!　朕の庭に入ったのはお前か!!」

皇后様の雰囲気が変わった気がして、どういうことかと聞こうとしたその時だった。

絶対会いたくない人が、ぞろぞろと護衛を引き連れ乱入してきたのだ。

「あら、なんのことです？　陛下」

「朕の庭から、花を盗《と》っていったのはお前かと聞いておるのだ！」

花……？　花ってもしかして、黒蝶花《こくちょうか》のこと……？

心臓が早鐘を打ち、冷や汗が流れる。

もしかして、黒蝶花《こくちょうか》のことが皇帝にバレたの？

「わかっているのだぞ！　朕はあの花壇を自ら手入れしておるのだからな！」

嘘でしょう⁉　皇帝が花壇を手入れしているの⁉　そんなの聞いてないわよ！

「皇后、お前しかいないのだぞ！　朕の他にあそこへ入れるのは、今ではお前と……」

マズいわ。もし、盗んだのがイーニアス殿下だとこの男にバレたら、なにをされるか……っ。それに、皇帝の言葉で、私たちが黒蝶花《こくちょうか》を盗んだのだと、皇后様にもバレたかも。

どうしよう。ここは皇城、逃げてもすぐ追いつかれるだろうし、そもそも子供たちを置いて逃げられないわ。

「なんとか言ったらどうだ！　ん？　まさかお前ではなく……」

ダメよ‼　どうにか皇帝の思考が子供に向くのだけは避けないと……っ。

手に汗が滲《にじ》み、血の気が引いてくる。

どうしたらいいの……。こんな時に公爵様がいれば……っ。

心臓の音が皇帝にまで聞こえるんじゃないかというほどばくばくしていた時だった。

「ああ、もしかしてあのお花のこと？　それなら綺麗でしたので、アタクシの部屋に飾りましたわ。でも、すぐ枯れてしまいましたので捨てました」

え……？

「朕の庭の花だぞ‼」

「朕の庭？　あそこは皇族の庭でしてよ。アタクシも皇族の一人。入って花を摘《つ》んでもよろしいでしょう」

「く……っ。な、ならば今後あそこは朕しか入れぬようにする‼　二度と勝手な真似をするでないぞ‼」

「はいはい。わかりましたわ」

「っこ、の……っ。お前は香水臭くてかなわぬ！　朕はもうゆく‼」

「ご機嫌よう。陛下～」

「ぐぬぅ……っ、皆の者、ゆくぞ！　ここにいては臭《にお》いが移るわ‼」

私が呆気にとられているうちに、皇帝はいなくなっていた。

「ふんっ。二度と来んなっつーのよ！　アタシがこんな匂いさせてんのは朕避けだっての‼」

え……ええエエ⁉

「あら、イザベル様、驚かれたかしら〜？」

オホホッと笑ってさっきの悪態を取り繕《つくろ》おうとする皇后様に、開いた口が塞がらない。

「え、ええ？　どういうことですの⁉」

「ぐぅのこおげき！　ぼかーん‼」というノアの声が遠くから聞こえたが、それになにか言えるような状況ではなかった。

「アタクシね、あなたに初めて会ったあの日、あなたたちがイーニアスを利用してなにかをしているって気付いていたの。なにをしていたかまではわからなかったけど、さっきの朕の言葉でわかったわ」

さっきまでの皇后様とは別人のような、落ち着いた表情で語り出したので、なんだか緊張してきた。

やっぱり、あの日この人に覚えた違和感は勘違いじゃなかったのだわ。あの時、皇后様の瞳にはイーニアス殿下と同じ、聡明な色が浮かんでいたもの。

「黒蝶花《こくちょうか》を盗んだのね」

喉がきゅっと締まって、冷や汗が浮かぶ。

皇后様に、私たちがしたことを知られてしまった……

「オホホッ、そんなに緊張しなくても大丈夫よ。アタクシ……、アタシの父は確かに皇帝派の筆頭だけど、アタシはテオバルド様派だからね！」

「はぃ？」

「あ、テオバルド様が好きっていうのは本当だけど、恋愛感情ではないのよ。ほら、歌劇の俳優を好きになるあの感情よ！」

つまり、皇后様は公爵様推し？

「あなたに冷たく当たってしまってごめんなさいね。テオバルド様の前妻がアレだったから、あなたもそうなんじゃないかって思っちゃったのよ！」

カラカラと笑う皇后様は、確かに他人の夫に横恋慕する人には見えなかった。

「でも、ノアちゃんやイーニアスに接するあなたを見て、あの女とは違うってわかったの。やっぱり人は見た目によらないわね！　あの女は見た目だけは清純で可憐だったもの。ああいう女ってヤッバいのが多いのよ～」

皇后様、弾丸トークなのは変わらないみたい。でもあの女って、もしかして前妻様のこと？

「そうそう、アタクシがアタクシって言うのはね、朕に対抗してなのよ。アイツがさ、自分のことを朕って言うじゃない。そんなこと言うの、世界でコイツ一人きりなんだわって思ったら、こっちも個性を出さなきゃって思ってアタクシって言い出したの！　『妾《わらわ》』と迷ったのだけど、アタクシの方がイラッとするでしょ」

いえ、あの……聞いていませんわよ。

「おまえを、ぐちゃぐちゃに、きりきざんでやろうかぁ！」

今度は、イーニアス殿下の声が聞こえてきたが、やはりツッコめる状況ではなかった。

「大体ね、アタシがテオバルド様派じゃなかったら、イーニアスの侍女にも護衛にも公爵派閥の人を受け入れないわよ。ね、信じてくれた？」

「はぁ……」

「まぁ、アタシがあなたにこんなこと言うのは思惑があってのことなのだけどね」

「思惑、ですか？」

皇后様の弾丸トークは未だに続いているが、これまでの話から彼女がとても聡明だということがわかった。

やっぱりこの人は、イーニアス殿下の母親なのだわ。

「ちょっとね、今マズいことになっているのよ。それで、早急にディバイン公爵に、イーニアスの後ろ盾になってもらわないといけないの」

「は……？　どうして急にそんな話に……」

突然のことに戸惑いしかないのだが、皇后様は話を止めようとはしなかった。

「実は、あの馬鹿朕がね、中立派のダスキール公爵の娘を孕《はら》ませたのよ。で、急遽《きゅうちょ》側妃に迎えることになったのだけど、この娘がなかなか強《したた》かな子でね……。アタシを殺して皇后の座を奪い取るつもりでいるの。もし、アタシが死んでしまったら、いくら正統な血筋とはいえ、後ろ盾のない幼いイーニアスが皇太子になれるとは限らないわ。そうなると、この国は将来……確実に終わる」

待って、待って！　これ、聞いたらいけない話じゃなくて!?

「アタシがあの馬鹿朕に嫌々でも嫁いだのは、この国を終わらせたくないからよ。……イーニアスをあえて厳しく躾《しつ》けているのも、全て国のため。正しい政策をおこなえる皇帝になってもらうためなの」

「皇后様……」

彼女は、自分の人生を全て、国に捧げた人なのだわ。

自分の意思を曲げないその瞳の輝きは、やはりイーニアス殿下に似ていて、血の繋がりを強く感じた。

「もちろんダスキールの娘の子が、正しい政策をおこなう賢帝になってくれるのなら、その子が皇帝になるのでもいいのよ。けれど、あの娘はそんなタマじゃないわ。自分の欲のためならどんなことでもする女よ」

「何故そんなことがおわかりになるのですか？」

「アタシの情報網を甘く見ないでちょうだい。一見純粋無垢な女に見えるのだけど、裏では相当なことをやっていたわ。父親を騙《だま》してお金をせしめたり、乱れたパーティーに参加したり、奴隷を買って侍《はべ》らせたりね。お腹の子も、本当に馬鹿朕の子か怪しいくらいよ」

怖い！　そんなドロドロしたことに巻き込まないでほしいのだけど⁉　あと、皇后様の情報源ってなんなの⁉

「あ、あの、そんなことをわたくしに話してもよろしいのですか？」

「嫌だわ、なに言ってるの。あなただから話すのよ」

なんでですの⁉

「ほら、アタシってテオバルド様に嫌われているじゃない。だから、あなたからテオバルド様に後見人の件をお願いしてほしくって！」

私も嫌われているんですけど‼

「今の皇后様でしたら、直接お話しされた方が説得力がありますわよ」

「そんな、直接だなんて……っ。尊くて悶絶してしまうわ！」

「普通に話していましたわよね⁉」

「あれは、アタシじゃなくてアタクシで話しかけたからよ。素の自分だと鼻血を噴くわ。間違いなく」

真顔で言われてしばらく口を噤《つぐ》んだ。

「……わかりました。では、アタクシのキャラで話し合いをしましょう。皇后様が直接話すということであれば、わたくしも旦那様にお話を通しますわ」

「ええ⁉　ものすごく嫌われて、イーニアスまで邪険にされないかしら……。というか、『きゃら』ってなぁに？」

「旦那様はそのような方ではありませんわ。旦那様のファンである皇后様が一番ご存知でしょう。キャラは……気にしないでくださいまし」

それと、と皇后様を見る。

「なにかしら？」

「……わたくしがこちらにお伺いする度に来ていたのは、わたくしと話すためだけではありませんわよね」

皇后様は、私と話している時もチラチラと気にしている人がいた。

「…………」

「イーニアス殿下の様子を、見に来られていたのですね。……わたくしと初めて会ったあの時も、イーニアス殿下に会いに行くところだったのでしょう？」

こんなに国を思う方が、我が子を思わないはずはないですもの。

「はぁ……。そうよ。馬鹿朕の子だとしても、アタシがお腹を痛めて産んだ子だもの。可愛いに決まっているでしょう」

けど、と皇后様は続ける。

「あの子には立派な皇帝になってもらいたいの。演技とはいえ、こんな馬鹿な母親がそばにいては悪影響だもの。馬鹿な父親と母親から離れた宮で、しっかりとした教育を受けて育ってほしいのよ」

「それは違いますわ」

下を向き、寂しそうに話す皇后様にきっぱり言い切る。

「え？」

「立派な皇帝になってほしいのならばなおのこと、親の愛情が必要不可欠です。親の愛なく育った子は、心が歪《ゆが》んでしまうそうですわ」

イーニアス殿下には、母親であるあなたの愛が必要なのです。

「毎日、僅《わず》かな時間でもいいのです。イーニアス殿下を抱きしめてあげてください」

私がそう言うと、皇后様は母親特有の優しい目をして、遠くを見た。

ノアと遊ぶ、イーニアス殿下を見ているのだろう。

「アタシもあなたのように……、あの子に好いてもらえるかしら」

一瞬、不安げに揺れた瞳は、あの日のイーニアス殿下を思い出させ、微笑ましくなる。

「当たり前ですわ。イーニアス殿下は、ずっと母親を求めておりますもの」

ただし、その香水はやめておいた方がいいと思いますわ、と言うと、「馬鹿朕避けなのよ。アタシの鼻を犠牲にしているの」とハンカチを取り出した。

「このハンカチに、香水をドバドバかけて持ち歩いているのよ。ある意味凶器でしょう」

「わたくし、今にも倒れそうですわ」

先程から、香水の強烈な匂いに頭がくらくらしているのに、ハンカチの強烈な匂いがとどめを刺しにきているのよ……！

「イーニアスとの時間は毎日作るようにするわ。香水ももちろん付けないし」

「そうしてください。あと、必ず大好き、愛しているは伝えてくださいね」

念を押し、皇后様が頷いたのを確認してから自分のハンカチで鼻を押さえた。

もう限界よ!!

皇后様はそんな私を見て笑っていたけれど、本気で倒れそうなんですからね!?

その日のうちに、私は公爵様に今日の出来事を伝えることができた。かなり訝《いぶか》しんではいたけれど、なんとか会談をすることを約束してくれたのでホッとした。

「皇后との会談には、君も同席してほしい」

そう言われるまでは。

SIDE　テオバルド

「――というわけですの。皇后様は思っていた方とは全然違いましたわ」

あの皇后が？

イザベルの話を聞いた時、そんなわけないだろうと否定してしまったが、黒蝶花《こくちょうか》の件といい、イーニアス殿下の護衛や侍女の件といい、確かに腑《ふ》に落ちる点はある。

しかし、それをイザベルに明かし、ダスキールの娘を引き合いに出して、イーニアス殿下の後見の話をしてくるあたり一筋縄ではいかない相手だ。

とはいえ、ここまで言われては、話し合いの場を設けないわけにもいかないだろう。

「わかった。ただし、皇后との会談には、君も同席してほしい」

そう伝えた時の彼女の顔は、見ものだった。

「旦那様、珍しくお顔が緩んでおいでですよ」

ウォルトに指摘され、つい顔をしかめる。

「なにかいいことがございましたか？」

「……イザベルの驚いた顔が、おかしかっただけだ」

「奥様のお顔、ですか？」

「いや……、忘れてくれ」

自分は一体どうしたというのか。

いくら尊敬に値する人間でも、彼女は女なのだ。私が女の顔を面白いと思うはずはない。

「奥様といえば、本日も皇宮へ行かれていたとか。最近はよく皇宮へお出かけですが、なにかお目当てのものでもあるのでしょうか？」

ウォルトは、大丈夫なのかという表情で私を見る。

「彼女の目当てはイーニアス殿下だ。アレとイーニアス殿下を遊ばせるために皇宮に行っているのだから、目くじらを立てる必要はないだろう」

「なるほど、そうでしたか。しかし、いくらイーニアス殿下の宮が皇帝の宮と離れているとはいえ、危険ではございませんか」

「そこは、当家の騎士に守らせている」

彼女に付けた護衛は、我が家の騎士の中でも腕利きだからな。

「旦那様が直接手配されたのですか⁉」

「そうだが、なにか問題があるのか」

「……いいえ」

ウォルトはなにか言いたそうに私を見るが、結局首を横に振って口を噤《つぐ》んだ。

ウォルトは、アレのことでなにか言いたいことがある時によくこういう表情をするな。…………

そういえばあの日、突然アレを彼女から預けられた時も、困惑はしたが吐き気はしなかった。

この腕で抱き上げたというのに――

『――今は泣いてもよろしいのです。思いっきり泣いて、思いっきり笑ってくださいませ。弱いなどと、絶対に思いませんわ！』

『こうやってぽんぽんしてあげると、リラックスしてよく眠れるんですよ』

どうして今、彼女の言葉を思い出してしまったのか……

私は頭を振って、眼の前の書類に集中することにした。この気持ちには、まだ気付いてはいけない気がしたのだ。

第九章　巨大滑り台

ついに、ついに……

『おもちゃの宝箱』帝都支店の開店ですわーーーー!!

「国のあれこれに巻き込まれそうになりながらも、やっと開店にこぎ着けたのね……っ」

　喜びもひとしおだわ！

　二階から一階にドーンと伸びる滑り台と、綺麗に陳列されたおもちゃたちを眺めながら一人感動していると――

「ふむ……これが『おもちゃ屋』か。君の発想には驚かされるな」

　後ろからそんな言葉が聞こえた。

「これは……素晴らしいです！　ディバイン公爵領の本店にも驚きましたが、こちらはまた趣《おもむ》きの違う内装に仕上がっておりますね」

「私は領地の店には行ったことがないが、そちらもこのように新素材を使用しているのか？」

「はい。駐車場と呼ばれる馬車を停める場所には、お客様が雨に濡れぬようにと、新素材を使用した庇《ひさし》がございましたし、中に入ると新素材で仕切られた休憩室もございました。こちらのお店でも二階の部分にその仕切りが使われているご様子。もちろんおもちゃにも使われているようです」

「なるほど、このような使い方もあるのだな」

「左様でございますね。旦那様」

そう、公爵様と執事長のウォルトが、プレオープン直前のこのお店に来ているのよ！

「我が家の窓も新素材に入れ替えたが、あのような使い方があるのなら、サンルームも新素材にすれば、そこでイザベルも茶会が開けるのではないか？　新素材のいい宣伝になるだろう」

「かしこまりました。奥様はピアノもお好きなご様子ですが、そちらはいかがいたしましょうか」

「ピアノも用意してやれ」

「はい。早速そのように手配致します」

ちょっと待ってーーー!?　お茶会を開かなければならないの？　新素材の宣伝のために!?　ピアノも人様の前で弾けるような腕前ではなくってよ!!

「しゅべりだい、ノア、しゅべりだい、ちたい！　おかぁさま、おっきぃ！　ノア、あれちたいの！」

私の手を引っ張って、あの大きな滑り台に今にも駆けていきそうなノアを抱き上げる。今回、ノアも初めて貴族街に外出を許されたのだ。とはいえ、私のお店にだけだけど。

「そうね。ノアが一番に滑るのね！」

「ノアいちばん！」

抱っこされるのが好きなノアは、きゃっきゃと笑いながら、私にぎゅうっと抱きついた。

「お、奥様、あのように高い場所から、ノア様を落とすのですか!?」

落とすって、人聞きが悪いわね！

カミラが心配そうに二階と一階を交互に見ている。

「滑り台は安全性も高いし、滑り台の下はふかふかのソファのようになっているのよ。そんなに心配しないでちょうだい」

最初、着地点の床はふかふかの絨毯《じゅうたん》にしていたのだが、革張りのソファのようなものにした方が、トランポリンみたいで楽しいだろうと、変更したのである。

後ろの男性陣は、今からノアがやろうとしていることを興味深そうに見ている。

「さぁ、ノア。二階に上がってみましょう」

総絨毯《そうじゅうたん》の床は、子供が転んでも怪我をしないようになっているけど、さすがにヒールで抱っこして歩くのは難しい。

真新しい絨毯《じゅうたん》だから、ヒールだと少しだけ沈むのよね。

ノアを降ろし、手を繋いで階段を上がる。

後ろからは男性陣も付いてきている。

安全のために透明な扉を二箇所に付け、扉の前にはスタッフがおり、正しい滑り方を子供たちに教えるのだ。

彼らはローテーションでカフェの給仕もする予定だ。

「ようこそ、巨大滑り台へ。こちらのアトラクションは大人の方もご一緒できますが、いかがいたしましょうか？　初めてのお子様には、大人の方と一緒に滑ることをおすすめしております」

スタッフの説明に、ノアの護衛が「私がノア様とご一緒します」と申し出た。

スタッフは、「それでは、お子様の後ろに回っていただき、お子様を膝の間に座らせてください。はい、そうです。お子様を抱きしめるように手を回していただき……はい。上手にできております。それでは三、二、一のかけ声で私が背を押しますね」

護衛の顔が緊張してくるのがわかる。ノアはというと、ワクワクした顔で今か今かと待っていた。

そうよね。初めて見る滑り台だし、大人の方が怖いかもしれないわ。

「ではいきますよ。三、二、一、いってらっしゃ～い」

ぽんっと軽く背を押され、ノアと護衛は「きゃー」と声を上げながら滑っていった。

はしゃいでいるのはノアだけのようだけど。

スピードが出すぎないよう、中央になだらかなでっぱりがあるので、子供一人で滑っても安全である。

あっという間に一階に着いたノアたちを、一階のスタッフが誘導し、次の人のためにスペースをあけていた。

うん。誘導もきちんとできているわね。

カミラは、ホッとしたようにノアたちを見ていた。

ね、大丈夫だったでしょう。

「おかぁさま！　とっても、たのちぃの！」

一階でぴょんぴょん跳ねているノアに相好《そうごう》を崩す。

私もドレスじゃなければ一緒に滑るのに！

あ、滑り台初体験のノアの護衛はどうだったのかしら……。あら、なんだか楽しそうだわ。目が輝いてるみたい。え、これ、大人がハマっちゃうパターンもあるかも⁉

「滑り落ちていった時はヒヤッとしましたが、とても楽しそうでございますね」

「そうだな。中央の部分があのように段になっていることでスピードが抑えられるのだろう。高所の恐怖も和らげられる。よく考えられているな」

きゃっきゃと階段を上ってくるノアと、後ろの二人の冷静な分析のギャップがすごい。

「も、いっかい、やる！」

護衛と一緒に戻ってきたノアが、滑り台へ駆け寄った。

「ノア、怖くなかった？」

「うん、こあくない！」

満面の笑みでお返事する息子にめろめろだ。

「そうだわ。旦那様も一緒に滑ってみますか？」

「……私は滑らな」

「よろしいではありませんか。このようなこと、経験できませんよ。さぁ、ノア様と一緒に行ってきてください」

あら、ウォルトがにこやかに公爵様に滑り台を勧めているわ。

「おい、なにを……っ」

公爵様はウォルトに押され、ノアと共に滑り台の前に立たされた。

スタッフはにこやかに、「はい。それではこちらへお座りになってください。お子様を膝の間に、はい。では、三、二、一で行きますね。三、二、一、いってらっしゃ～い！」

あれよあれよという間に滑り落ちていったノアと公爵様に、おかしくなって笑ってしまったわ。

「あの旦那様がノア様と……っこれも全て、奥様のおかげでございます」

ウォルトが感激したように言うけれど、今のはウォルトのおかげだと思うわよ？

そう指摘しながら、ノアと公爵様が上がってくるのを待った。

次はカフェメニューを試してもらわないといけないわ。

プレオープンまであと二時間という、スタッフにとっては忙しい時間だとは思うけど、シミュレーションにもなるからいいわよね！

「おかぁさま！　もっかい！」

「ふふっ、ノアは滑り台がお気に入りね。でもその前に、今度は美味しいお菓子を食べましょうか」

「おかし！　しゅべりだい……」

お菓子と聞いて嬉しそうに反応しつつも、滑り台を名残惜しそうに見る息子に笑いそうになる。

「お菓子を食べたら、また滑りましょうね」

「あいっ」

息子の許可を得たので、滑り台のそばのゆったりとしたソファ席に腰を下ろした。

すぐにメニューと温かいおしぼり、そしてお水が出される。

「……水と、これはなんだ？」

「そちらはおしぼりですわ。こうやって手を拭くものですの」

もう寒い時期なので温かいおしぼりはホッとするし気持ちがいい。

軽食を出すカフェで、フィンガーボウルというのもちょっと違うと思ったのでおしぼりにしたのよね。

これだとお子様の手をすぐに拭いてあげられるし、お子様連れにはフィンガーボウルより便利だわ。

「ふむ……温かいな」

「寒い中来られた方はホッとできると思いましたの」

「そうか。水は注文していないが、何故出てきたのだ」

「ここに来られる方は、入店してすぐにこのカフェに来るわけではありませんわ。下の階でおもちゃを見て、歩き回るのですもの。それに、ここの前に他にもお店に寄っているかもしれません。喉が渇いているでしょうし、まずは喉を潤していただき、ホッとひと息ついてからメニューを見てもらいたいのですわ」

公爵様はなるほどと頷き、公爵様の後ろに立っているウォルトは、驚いたように目を丸くしている。

「メニューは……メニュー名の横に絵と説明が描かれているのか」

「はい。他にはないメニューもありますので、注文しやすいように絵を描いておりますの」

ドリンクメニューのおすすめは、フローズンドリンクである。コーヒー味だけでなく、季節のフルーツやショコラ味のものもあり、生クリームやクッキー、チョコレートでデコられていて可愛い。もちろんこれからの季節に備えてホットドリンクも充実している。幼い子供にも、麦茶やミルク、果実水に季節のフルーツジュースと豊富に揃えてある。器も新素材で作られていて、クマさんやうさぎさんの形など、子供ウケするものになっている。ちなみにこの器は一階で購入することもできる。

軽食に関しても、スフレパンケーキや、パフェといったスイーツから、サンドイッチやピザトースト、カレーパンもある。

残念ながら、まだ小豆《あずき》は見つけられていないが、カレーのスパイスが見つかったのは僥倖《ぎょうこう》だった。カレーって、クミンとコリアンダーとターメリックとシナモンとナツメグがあればなんとかできるものなのね。

これらを普及させ、いずれはパンを正義の味方として擬人化した絵本を普及するのが目的だ。

「旦那様、スパイシーなものが大丈夫であれば、こちらのカレーパンをおすすめしますわ。食べやすく珍しいものがよろしければ、ピザトーストもおすすめですけれど」

「ならば『かれえパン』というものを貰おうか」

「はい。ノアはスフレパンケーキにしましょうか」

柔らかくふわふわなスフレパンケーキは、きっとノアが喜んでくれるだろうと思いメニューに加えたのよ！　反応が楽しみだわ。

「お待たせ致しました。カレーパンとスフレパンケーキでございます」

カレーパンにもナイフとフォークが付くのには違和感があるけれど、ここに来るのは貴族だから手掴みで食べさせるわけにはいかないわよね。

公爵様の注文した、まるでフランス料理のようなカレーパンを見ながら遠い目をする。

「くまさんっ」

一方、ノアの注文したスフレパンケーキは、くまさんの形をしていて、鼻の出っ張った部分は生クリーム。パンケーキの上にはチョコで顔が描かれ、フルーツや生クリームで周りをデコレートした可愛いものだ。

くぅ！　ノアとこのパンケーキを一緒に写真に収めたい!!

「ノアの好きなくまさんね」

「だいしゅ、すきっ」

はぁ～可愛い！

ノアがくまさんの耳になっている小さなパンケーキを口に入れる。

「おかぁさま、ノアの、ないないした」

「え？」

「ノアの、おくちの、ないない……」

ああ、スフレパンケーキは柔らかいからお口の中で溶けて消えちゃったってことね。

もしかして、お口に入れたら食べる前に消えてしまったと思っているのかしら。

「ふふっ、柔らかいお菓子だからすぐになくなってしまうのね。大丈夫よ。ノアのお腹の中に入っていっただけだからね」

「おなか……」

幼児特有の膨らみがあるお腹を触っているノアに、顔を綻《ほころ》ばせる。

「さ、もう一つ食べましょう」

「あいっ」

可愛いノアの頭を撫でたあと公爵様を見ると、完璧なマナーでカレーパンを口に運んでいるではないか。

この人、カレーパンを食べる姿も綺麗なのね。

咀嚼《そしゃく》してしばらく、カッと目を見開く。思わず私の肩が跳ねた。

「ウォルト、お前も食べてみるといい」

そう言ってウェイターを呼び、ウォルトの分のカレーパンを頼む公爵様。

「あの、旦那様。どうかなさったのですか？」

「これは……、君が考えたのか」

「え……まぁ、そうですわね」

地球のカレーパンを考えた人ごめんなさい、と心の中で謝りながら、公爵様の言葉を肯定する。

「口の中で幾重にもスパイスの香りが拡がり、しかしそれらが喧嘩することなく纏《まと》まっている。刺

激的だが、野菜の甘さで緩和されるため、これならば子供でも食べられるだろう」

しょ、食リポ？

「これは、革命だ」

は………？

「誠でございますね」

いつの間にかカレーパンを食していたウォルトまで、公爵様に追随する。

「我が領地に、かれえパン専門店を開店させるべきだな」

ハァァァァ⁉

「同感でございます。これほどクセになる味は今までにございません。奥様、是非お願い致します」

「え、わ、わたくし⁉　わたくしはおもちゃ屋で忙しいので、そちらに全てお任せしますわ！」

ウォルトに丸投げすると、かしこまりました、といい笑顔で頷かれたのだった。ディバイン公爵領にカレーパン専門店ができるのも、そう遠くない未来なのかもしれない。

そうこうしているうちに、とうとうプレオープンの時間がやってきた。

公爵様は三階にある会議室に入り、ノアとカミラ、そしてノアの護衛は二階のプレイルームで遊んでいる。

私はやってきた招待客に挨拶をし、おもちゃやカフェの説明で忙しくしていた。

その時、賑やかだった店内が一際ザワついた。

「まぁ、楽しそうなお店ですわね！」

人波が割れ、現れたのは――

「イザベル夫人、ご招待ありがとう‼　息子も楽しみにしておりましたのよ」

「イザベルふじん、しょうたいいたみいる」

「皇后陛下、イーニアス殿下、ご来店いただき光栄に存じますわ」

周りの貴族たちは、皇后様の来店に慄《おのの》いている。

「皇后様がどうして……」

「皇帝派だろう」

などと、ヒソヒソ話が聞こえてくるが、ここはおもちゃ屋だ。

派閥なんて関係ないのよ。子供たちのためにあるお店なのだから。

「イザベルふじん、ノアはきているのだろう？」

皇后様と手を繫ぎ、笑顔でそう言う殿下に頷くと、「ははうえ、わたしはノアとあそんできます」と言って皇后様を困らせていた。

皇后様、今日は全く香水の匂いがしないわ。

「イーニアス、まずはおもちゃを見るべきではなくって。ここはおもちゃを売っているお店なのよ」

困ったように笑う皇后様は、優しい瞳で殿下を見つめていた。殿下も素直に頷き、皇后様の手をぎゅっと握りなおすと、こちらを見る。

「イザベルふじん、しつれいした。おもちゃをみせてくれるか」

そう言う殿下に、私の相好《そうごう》は見事に崩れた。

「殿下、まずはこのお店の目玉ともいえる、あの滑り台を試してみませんか？」

実は予想外のことに、先程から滑り台が敬遠されている。興味はあるようだが、初めて見るものだからか、大人も子供も怖がって近付かないのだ。

ここで、ノアと殿下が滑ってくれたら、皆が滑りたくなるんじゃないかなと思っている。

「うむ？　……なんと、おおきなすべりだいだ!!」

周りの大人たちで見えなかったようだが、私が紹介したことで大人が場所をあけてくれる。全貌が明らかになった巨大滑り台に、殿下の目が輝いた。

「二階にはノアがおりますので、ご一緒に滑られてはいかがでしょうか」

「うむ！　そうしよう!!」

殿下の反応に、皇后様と顔を見合わせて笑ってしまった。

護衛に囲まれ階段を上がる殿下と皇后様のあとに続く。周りの貴族が興味深そうに注目しているので、少し恥ずかしい。

あまり露骨にこちらを見ないでほしいわ。

「あすでんか！」

プレイルームから姿が見えたのだろう。ノアが嬉しそうに駆けてきて、殿下も嬉しそうに声をかけた。「これから、このおおきなすべりだいをすべるのだ」と胸を張っているところがなんとも可愛い。

「ノアもいっしょにすべるぞ」

「あいっ、ノアもしゅる!!」

二人とも可愛いわぁ。

さぁ！　この天使たちに、『おもちゃの宝箱』の目玉を、宣伝してもらいますわよ!!

「ようこそ、巨大滑り台へ。こちらのアトラクションは大人の方もご一緒できますが、いかがいたしましょうか？　初めてのお子様には、大人の方と一緒に滑ることをおすすめしております」

滑り台の前にいるスタッフの言葉に、イーニアス殿下が「うむ」と頷く。

「おとなといっしょか……」

ちらりと皇后様を見るけれど、さすがにドレスでは難しいわ。いえ、ドレスじゃなくても立場上難しいかしら。

「『すべりだい』ってイーニアスの部屋にある遊具よね？　これはそれの大きいサイズのものね。もしかして、ここから落とされるの？　楽しそう！」

皇后様、滑りたいのはわかりますが、自重してくださいまし。今は『アタクシ』モードなのでしょう。あと、落とすって表現はやめてください。

「ノア、ごえーといっしょ！」

「ふむ。ごえいか。ならばわたしもごえいとすべろう」

二人はそれぞれの護衛と共に扉を潜《くぐ》り、滑り台のスタート地点に座った。その様子を固唾を呑んで見守っているのは招待した貴族たちだ。

「それでは、三、二、一で背中を押しますね」

「うむ。よろしくたのむ」

「はい。三、二、一、いってらっしゃ～い！」

あとはもう、推して知るべしよね。

ノアと殿下の宣伝は見事に功を奏し、巨大滑り台は大人気となった。

「あれやりたい！」と言う子供が続出し、一度滑って虜《とりこ》となった子供たちの、滑り台待ちの行列ができたのだ。ノアと殿下ももちろんこの滑り台の虜《とりこ》で、きちんと順番を守って並び、二回目からは大人なしで滑っていた。ノアと殿下が順番を守っていることで、他の子供たちも貴族位の高さを理由にした横入りなどができなくなり、問題が起きずに楽しんでいたのでひと安心だ。

「なんて楽しそうなのかしら！　アタクシも滑りたいくらいよ‼」

「ふふっ、さすがにドレスでは難しいですわ」

「そうね……それに、女性が滑るのははしたないと言われそうだわ」

そうなのだ。だから順番待ちをしているのは男の子ばかりで、女の子はそれを羨《うらや》ましそうに見ている。

これは、早急に女の子が遊べる遊具も作る必要があるわね。

「皇后様、店内をご案内致しますわ」

「そうね。イザベル夫人、お願いするわ」

皇后様の公爵様好きはどうやら周知のことのようで、私たちが並んでいる様《さま》に貴族の御婦人方がざわついている。皇后様にとって、憧れの人の妻という私の存在は邪魔なはずなのに……と思われているのだろう。

実際はママ友なのだけどね。

「殿下にはすでに献上させていただいたのですが、ディバイン公爵領で人気のあるおもちゃは、積み木やパズルです。あとは、年齢制限を設けておりますが、トイブロックも人気ですわ」

「あら、どうして年齢制限を？」

「トイブロックは積み木と違い、パーツが小さいので、幼い子供が誤って口に入れたりしないよう、六歳以上でないと購入できないようにしておりますの」

「なるほど、そういうことなの。だからイーニアスの部屋にも『といぶろっく』というおもちゃがなかったのね」

殿下たちが遊んでいる間に皇后様の案内をし、時間が経った。

そろそろかしら。

「皇后様、お疲れでしょうし、上階に休憩室を用意しておりますわ。そちらで軽食をお召し上がりになりませんか」

「え、ええっ。そうね。そうさせていただくわ！」

緊張からか、顔を強張らせている皇后様と二階へ上がると、ノアたちはプレイルームのジャングルジムの上にのぼっていた。

「ここはせんじょおだ！」

「しゅっこーだぁ」

「ほをおろせ！」

「まぁ！　オホホッ、えほんの真似事をしているのね。アタクシもイーニアスにえほんを見せてもらったのよ！　あれは本当に面白い読み物だったわ」

「そうでしたか。お二人とも、いい関係を築いていらっしゃいますね」

「そうだといいのだけど」

皇后様はそう言うが、実際イーニアス殿下は皇后様の姿を見つけると、笑顔ですぐに寄ってくるのだから、二人の関係は上手くいっているのだろう。

「おかぁさま！」

もちろん、ノアも私に駆け寄ってくれるので抱き上げるけどね！

「ノア、これから皆で三階の休憩室に行きましょうね」

「あいっ」

いいお返事よ。

「イーニアス殿下もお疲れでしょうし、休憩室で軽食をお召し上がりください」

「うむ。ノアからきいたのだが、ここには、おくちにいれると、きえるおかしがあるのだな。わたしもそれがたべたい」

「ふふっ、スフレパンケーキですね。かしこまりましたわ」

そんな話をしながら、公爵様のいる三階へ上がった。いよいよ、皇后様と公爵様の会談が始まるのだわ。

第十章　会談

「緊張するわ……っ」

皇后様が呟く。

「これからテオバルド様とお喋《しゃべ》りができるなんて……っ」

話し合いの内容にではなく、推しとの会話に緊張している皇后様に溜め息が漏れる。

大丈夫かしら……

「軽食を摘《つま》みながら会談していただく予定ですので、多少リラックスできるのではないかと思いますわ」

「テオバルド様の前で食事ですって!? む、む、無理よ！ そんなはしたないことできないわ！」

「………では、食事は後ほどということで」

「そうしてちょうだい」

子供たちは別室で食事をとることになっている。イーニアス殿下は少し残念そうだったが、今回は仕方がない。私の後ろで深呼吸をしている皇后様に不安を抱きながら、公爵様がいる会議室の扉をノックした。皇后様の護衛の方にも遠慮していただき、今はイーニアス殿下と共に別室で待機してもらっている。

「皇后陛下、ようこそお越しくださいました」

ウォルトが扉を開け頭を下げると、皇后様は「この会談を受けていただき感謝しますわ」と言って部屋に入った。皇后様の姿を認めて立ち上がった公爵様が挨拶をしようと口を開く。

「皇后陛下におかれましては――……」

「ディバイン公爵、そのような挨拶は省略していただいて結構よ。今回の会談は、公《おおやけ》のものではないのですから」

皇后様に遮《さえぎ》られ、公爵様は「そうですか」と言って私を見る。

はい、これが本来の皇后様ですわ――という気持ちで頷くと、公爵様は一度目を閉じ「どうぞおかけください」と席に着くよう皇后様に促《うなが》した。

「――正直、あなたのことをまだ信用しているわけではない」

「ええ。そうでしょうね」

「しかし、妻を介してこの会談を持ちかけたということは、信用に足るなにかを用意している、ということで間違いないだろうか」

「……信用に足るかはわからないわ。けれど」

皇后様はどこからともなく書類を取り出し、机の上に置くと公爵様を見た。

「アタクシが皇后になった時から集めた、皇帝、大臣、そして官僚たちが揉み消してきた、横領の証拠ですわ」

え、それって……、皇帝やその派閥を一緒に引きずり降ろしましょうっていうこと⁉

「もちろん、これを使っていただくのはイーニアスが立太子し、ある程度の年齢になってからだけど」

「……なるほど、殿下が即位する準備が整ってから、奴らをまとめて粛清《しゅくせい》するおつもりか」

「ええ。そして中立派の貴族もね」

中立派も!?

皇后様の話にぎょっとしているのは私だけなようで、公爵様もウォルトも顔色は変わらない。

「政治ともいえない愚かな政《まつりごと》をおこなう皇帝派と、それを正そうとするディバイン公爵派。そのどちらにもつかず、様子を見ようだなんて皇帝派と同罪だわ。今回のダスキール公爵の娘を側室にする件も、一見皇帝派が中立派の筆頭を抱き込んだと見せかけて、次期皇帝に自分の孫を据えることを目論《もくろ》んだ、中立派のクーデターのようなものよ」

「それに関しては同意見だ。奴らは虎視《こし》眈々《たんたん》と皇帝の座を狙うハイエナだ」

そうなの!? その話を聞くと皇帝派も中立派も怖いのだけど。

でも、皇后様と公爵様の意見は一致しているし、あとはイーニアス殿下の後ろ盾だけど……

「しかし、それとイーニアス殿下の後ろ盾になる話は別だろう。イーニアス殿下が愚帝にならないとは言い切れない」

「まぁ、本当にそう思っていらっしゃるの? 確かに馬鹿朕……いえ、現皇帝の血を継いでいるとはいえ、イーニアスは賢帝と言われた先々帝、マルクス様のお血筋でもあるのよ。そしてアタクシは、そのマルクス様の妹君であらせられるシャーロット様を祖母に持っている」

え!? 皇后様にも皇族の血が流れていたの？ だからイーニアス殿下が正統なお血筋ってことなのかしら。私はてっきり、正室のお子だからだと思っていたけど……

「そして、イーニアスの教育はディバイン公爵、あなたの息がかかった者にお任せしているわ」

「………もし、私がイーニアス殿下の後ろ盾になれば、殿下はお命を狙われる。それはわかっておいでか？」

公爵様が冷たい目を皇后様に向ける。しかしそこは皇后様も負けてはいない。

「勘違いしていただいては困るわ。アタクシはイーニアスを命の危険にさらすつもりはさらさらありませんの」

皇后様の言葉で公爵様の眉間に皺《しわ》が寄る。どういうつもりだと鋭い瞳が語っている。

正直恐ろしい。

「アタクシが欲しいのは後ろ盾になるという確約よ。今すぐそれを公《おおやけ》にしてほしいわけではないの」

「なるほど……。魔法契約か」

魔法契約って私が公爵様と結んだ契約じゃない！ あれは、契約違反をすれば、命を落とす危険な契約なのよ!? 皇后様、本気なの？

「条件はなんだ」

「公爵様がイーニアスの後ろ盾になると確約してくださるのなら、公爵派が帝国のために力を尽くす限り、グランニッシュ帝国の皇后であるアタクシが、ディバイン公爵派につくわ。当然、この意味がおわかりになるわよね」

「本気か？　表立って命を狙われるようになるぞ」

「もちろん理解しているわ。アタクシは皇后になった時から、この命を、人生を、国に捧げているのよ」

「面白い。それほどの覚悟があるのなら、魔法契約をしてやろう」

◇　◇　◇

「ははうえっ。ノアのいうことは、ほんとうだった！　ほんとうにパンケーキがくちのなかで、きえたのだ！」

「あら！　そんなパンケーキがあるのなら、アタシも食べたいわ！」

会談は無事終わり、公爵様はイーニアス殿下の後ろ盾となることを約束した。

もちろん口約束などではなく、魔法契約を交わしたのだが、その内容は私も見せてもらえず極秘となった。そして――

「イザベル夫人、イーニアスの言うパンケーキをアタシも食べてみたいわ」

推しとの密談から解放された皇后様は、それはそれはスッキリとしていて、なんだか艶《つや》が増したような顔でスフレパンケーキを求めている。

「スフレパンケーキもいいですが、まずはお食事をなさいませんと、栄養が偏《かたよ》りましてよ」

「そうなの？　アタシ甘いものを食べたいから、昼食を抜くこともあったのだけど、それってダメなことだったのかしら？」

パンがなければお菓子を食べればいいじゃな〜いって。

「マリー・アントワネットじゃないのですから、偏食はやめてくださいませ！」

まぁ、実際のマリー・アントワネットはそんなこと言ってないらしいのだけど。

「マリー？　どなたかしら？」

「ゴホンッ。とにかく、お食事は三食きちんと召し上がってくださいませ。あと、甘いものはほどほどになさいませんと、病気になりますわよ」

「そうなの⁉」

「そうです。まさか、イーニアス殿下もおやつだけ召し上がったりしておられませんわよね？」

チラリと殿下を見ると、ビクリと小さな肩が跳ねる。

私、悪役顔だからチラ見でも恐ろしい顔なのかしら。内心がっくりしていると、イーニアス殿下が慌てて言い訳し出す。

「わ、わたしは、ははうえとおしょくじがしたくて、ま、まっていたのだ」

可愛い嘘をつく殿下に、皇后様の目が丸くなり、プッと噴き出したかと思うと、「本当にあなたはっ」と抱きしめた。

「ははうえ」

「ええっ、一緒にお食事しましょうか！」

「はいっ」

本当に、いい関係を築いていらっしゃいますのね。

母と子のほっこりするやり取りをにまにま眺めていると、私のドレスをなにかが引っ張っていることに気付く。なにかしらと足元を見ると――

「おかぁさま、ノア、『しゃんどいち』たべた！」

褒めてという顔をしたノアが、ドレスを引っ張っていたのだ。

「まぁ、ノアはサンドイッチを食べたのね！　ちゃんとお食事できて偉かったわね！」

「あいっ」

抱き上げてぎゅーっとすると、「ノアしゅごい？」と言うので「すごい！　偉い！　可愛い～!!」とすりすり攻撃をしておいた。きゃっきゃと喜んだのは言うまでもないわね。

「イザベル夫人もご一緒しない？」

皇后様に誘われたが、私は招待客のご案内もあるので遠慮し店内に戻った。

いい加減戻らないとお客様が変に思うでしょうしね。

SIDE　テオバルド

「驚きました。まさか本当に、皇后様が演技をなさっていたとは……」

「ああ……」

「母は強しといいますが……。国母《こくも》ともなれば、あれほどの覚悟をお持ちなのですね」

「皇后は、国に人生の全てを捧げる気でいるのだろう」

「素晴らしいお方でした。ですが、奥様も負けてはおりませんね」

おかしなことを言い出すウォルトに、なにを言っていると咎《とが》める視線を送るが、笑顔で躱《かわ》された。

「奥様は才能豊かなお方ですよ。新素材やおもちゃの開発に加え、料理に作詞、作曲の才能もございます。それに、公子様をとても可愛がられておられますよ」

「作詞、作曲だと？」

「はい。ピアノを弾いていらっしゃったので隠れて聞いていたのですが、聞いたことのない曲と歌でした」

イザベルには、そんな才能もあったのか……

「どうして、私の妻になったのだろうか」

私の妻でなくても、豊かに暮らしていける才能が彼女にはあるというのに。

「弱小貴族であるシモンズ伯爵家が、ディバイン公爵の求婚を断ることはできません」

「……イザベルは、嫌がっていたのか？」

「旦那様、普通十七歳の女性が、三十代の子供もいる男性の後妻に望まれて喜ぶとお思いですか？」

「…………」

そうか。彼女はあの時、十七だったな……。父親と近い年齢の男に、無理矢理嫁がされたのか。

「公子様を可愛がってくださることすら奇跡ですよ」

血を分けた父親すら可愛がらないのに、という言葉が聞こえそうな表情のウォルトから目をそらす。

そんなことはわかっている。だが……、アレを前にすると身体が拒否するのだ。

「……そんなことよりも、黒蝶花《こくちょうか》はどうなっている。ビスマルク侯爵が最近体調を崩しているという報告もある。皇帝主催のパーティーで、飲食から始まるものはすでに二回おこなわれているのだ。そのどちらにもビスマルク侯爵が出席していたことは私が覚えている。そして、給仕から直接グラスを手渡されていたのは、私とビスマルク侯爵だけだと判明した。つまり彼は、最低でも二回毒を盛られているのだ。その上六十歳を過ぎ、体力も低下している。時間はないのだぞ」

「現在判明していることは、黒蝶花《こくちょうか》の根から出る液と、皇族の血が混じることで毒ができる、ということのみです。花弁の調査もおこなっておりますが、こちらに関してはまだ報告は上がってきておりません」

進展はほぼないか……。焦ってもどうにもならないことはわかっているが……っ。

「とにかく急がせろ」

「かしこまりました」

皇后と交わした契約書を前に、一度落ち着こうと大きく息を吐く。

微かにかれえパンの匂いがして、少しだけ気が抜けたことは誰にも言えないな。

◆　◆　◆

「申し訳ございません！」

皇后様の登場という、招待された貴族にとっては衝撃のプレオープン、そして本オープンと怒涛《どとう》のスケジュールをこなし、帝都でもなんとか成功をもぎ取った私だったが——現在、公爵様の執務室から聞こえてくる謝罪の声にビクリと身体を震わせ、開きかけた扉を閉めようとしてウォルトと攻防を繰り広げている真っ最中だ。

「奥様、大丈夫ですからお入りください」

「どう考えても大丈夫じゃないですわよね⁉」

ウォルトの無言の微笑みが怖くて、部屋に入らざるを得なくなった。泣きたい。

「奥様にも関係のあることですので、遠慮なさらず」

この謝罪が私に関係あることですって⁉

「私どもが至らぬばかりに、持ち帰っていただいた黒蝶花《こくちょうか》からは解毒薬が一つしか作れず……」

「もういい。お前たちはよくやってくれた。解毒薬が一つあれば、一人の命は救えるのだろう？」

「はい。ですが、その一つを全て飲んでいただかねば意味がございません」

「わかった。引き続き黒蝶花《こくちょうか》の毒の研究は続けてくれ」

「っ……はい！」

公爵様との話が終わったのか、謝罪していた人が部屋を出ようとこちらを振り向く。その顔には見覚えがあった。

「まぁ。ムーア先生、ごきげんよう」

「これはディバイン公爵夫人。ご無沙汰しております。その後、体調はいかがでしょうか？」

「おかげさまで、問題なくすごしております」

「それはようございました。なにかございましたらすぐ私にお知らせください」

「お気づかいありがとう存じますわ」

「では、私はこれで失礼致しますので」

「ええ。お気を付けて」

私が毒を飲まされた時に対応してくれた、公爵家お抱えの医師だ。

先程の話といい、これは結構な緊急事態なのではないだろうか。

「イザベル、今の話を聞いていたか」

「あ、ええ……聞こえておりましたわ」

「そうか……」

やはり聞いてはまずかったのかしら？　でも、黒蝶花《こくちょうか》の解毒薬ができたようなことを話していたから、私にも関係あるわよね？

「聞いてのとおり、解毒薬が完成した」

「そのようですわね。喜ばしいことですわ」

「ああ。だが、できた解毒薬は一つのみだ」

先程の話から、解毒薬は一人に一つ。つまり、助けられるのは公爵様か私か、それとも他に毒を飲まされた方か。

「はい。では、今一番お命が危ぶまれている方に使われるのがよろしいでしょう」

どうせ私はあと数十年生きられるだろうし。

「……いいのか？」

「もちろんですわ」

「っ……感謝する。これで、ビスマルク侯爵は救われる」

さすが公爵様。ご自分よりも、他人に使われることをお選びになるのね。

「ようございましたわ」

「しかし、君は本当にいいのか？　これを使えば君の中の毒は消えるんだぞ」

「そうですわね。ですが、わたくしにはまだ時間もございますし、解毒薬が開発されるのを気長に待ちますわ」

そう伝えると、公爵様は呆気にとられたような顔をし、しばらくして、「花はまたいつ手に入るのかわからない」と呟いた。

「公爵様、花はもう諦めてくださいませ。わたくしは、殿下にこれ以上なにかを強いることなどできません。それは殿下が成長しても同じですわ」

「イザベル、だが」

「公爵様、わたくしたちの時間はまだしばらくございます。どれだけ残されているかはわかりませんが、すぐに、ということではないでしょうし、その間に、花を使わない解毒薬が開発されるかもしれません。もしかしたら別の方法が見つかるかもしれません。そうは思いませんこと？」

「…………」

公爵様はそんなに楽観的に考えることはできないわよね……。でも、私にはたった一つ、希望があるわ。

「旦那様、奥様のおっしゃることも一理あります。もしまたイーニアス殿下を利用するようなことがあれば、たとえどんな理由があろうとも、殿下はきっと我々にお心を閉ざしてしまわれるでしょう。次期皇帝になる方との確執は、旦那様も望んでおられないのではないですか」

「…………」

公爵様はウォルトの言葉を聞き、しばらく黙ると自身の左手を額に当て、ハァと息を吐いた。

「イザベル、君の意思を尊重しよう」

「ありがとう存じますわ」

こうして、イーニアス殿下が頑張って取ってきた黒蝶花《こくちょうか》から、たった一つできた解毒薬はビスマルク侯爵の命を救い、ディバイン公爵の派閥はより結束が強まることとなった。

このことで、密かにイーニアス殿下を支持する者が増えたのだが、これが公爵様の計算のうちだったのかは、私にはわからない。

エピローグ

「はぁ〜……。立派なピアノですねぇ。一体いくらするのでしょう……」

カミラがポロリと零すほど立派なグランドピアノが、堂々たる佇《たたず》まいで公爵邸のサロンに鎮座している。ものすごい存在感だ。

公爵様と黒蝶花《こくちょうか》を諦める話をしてから半月。『おもちゃの宝箱』帝都支店のプレオープン時に公爵様とウォルトが話していたあのピアノが、本当に届くとは思わなかった。

「奥様、旦那様からの贈り物でございます。どうぞ存分に弾いてくださいますよう」

この立派なピアノで、私の拙《つたな》い演奏を披露しろと？　新手の嫌がらせかしら。

目の下あたりがピクピクと引き攣《つ》っているのだけど、この優秀な執事長には見えていないらしい。

「おかぁさま、これなぁに？」

ピアノを見たことがないノアが無邪気に聞いてくるので、音楽を演奏するものよ、と教えるが、そもそも音楽をきちんと聞いたことがないノアにはわからないようで、キョトンとしている。するとウォルトがすかさず口を開く。

「これは是非、公子様のために弾いて差し上げるとよろしいのではないでしょうか」

是非って、そんなに強調しなくても……

「ノア。お母様、あまりピアノが上手いとはいえないけど聞いてくれるかしら？」

「あいっ」

くっ、この腹黒執事長がいなければ、ぎゅっとしてほっぺたすりすりしちゃうのに！

ニコニコ顔で立っているウォルトを尻目に、調律されたばかりのピアノの前に座る。鍵盤に手を乗せ深呼吸をし、そして──

この世界にはない軽快なテンポのイントロと、力強い歌の出だし。これぞアニソン！

私は前世のアニソンをこの立派なピアノで演奏し、全力で歌った。きっとウォルトは「歌うんかい！」とツッコミたくなっただろう。

これらのオープニング、エンディング、挿入曲まで付いた前世のアニメをモデルにした紙芝居を見ているノアとカミラは瞳を輝かせているが、絵本すら見たことがないウォルトはポカンとしている。

「えほんだぁ！」

「ノア様、ようございましたねぇ」

ふっ、全力で弾き語ってしまったわ……。やっぱりアニソンを弾くとオタクの血が騒ぐわね。

またつまらぬものを切ってしまったばりに心の中で呟きながら、喜ぶノアの顔を見てニヤけていると、ポカンとしていたウォルトがようやく我に返り、なんとか拍手してくれた。

「素晴らしい歌と演奏でした！」

お世辞だと理解していても、褒められて悪い気はしない。

「ありがとう」

一応お礼を言って立ち上がろうとすると――

「おかぁさま、もっと！」

ノアのアンコールを受けてしまった。

「ノアがそう言うならもう少し弾こうかしら」

「あいっ」

「そうねぇ、ノアはなにが聞きたい？」

息子のリクエストに応えてあげようと質問すると、ノアは最近お気に入りの絵本の名前を口にした。

「わかったわ。じゃあ、その曲を弾きますわよ！」

「あいっ」

どうしても「はい」が「あい」になる息子に頬をゆるめつつ、気合を入れる。

この曲はテンポが結構速いのよね。

「――この曲は、前に奥様が弾かれていたものですね。先程の曲もそうですが、聞いたことのないメロディーで、斬新な上にテンポも速い。しかし、どこか元気が出る曲です」

「執事長、ノア様はこの曲が大好きなんですよ。私も大好きです！」

「ほぅ、公子様が」

カミラとウォルトがなにやら話しているが、ノアがもっともっとと喜んでくれるので、結局その後も調子に乗って三曲も弾いてしまった。

「素晴らしい演奏でございました」

演奏が終わると、ウォルトは拍手をしながら微笑んだ。

「旦那様に素敵な贈り物をありがとう存じますと言っておいてもらえるかしら」

「それは奥様から直接お伝えください」

あっさりと断られた。

公爵様が女性を苦手なのは知っているのだから、伝言くらい受けてくれてもいいだろうに……

「わかりましたわ。旦那様のご都合のいい時を教えていただける？」

「本日の夕食の時はいかがでしょうか」

それ、公爵様が嫌がるのではなくて!?

「もちろん公子様もご一緒に」

「……旦那様がいいのであれば、構いませんわ」

「かしこまりました。そのようにお伝えしておきます」

と言い、ウォルトは上機嫌でサロンを出ていった。

「なんだったのかしら……？」

「だ、旦那様との晩餐ですか!?　オリヴァー様がいらした時以来ですね！」

「そうね」

「大変です！　ノア様の晩餐用の衣装を選ばなくてはっ」

カミラが突然慌て出したので、ノアは大きなおめめをぱちくりさせ、キョトンとしている。

「ノア、今日はお父様と夕食をご一緒するから、おめかしするのですって」

ノアを抱っこして教えてあげると、「おとぅさまと、ごいっしょ？」と首を傾げる。その仕草が可愛くて、頭をなでなでしながら話を続ける。

「そうよ。今日はお父様と、お母様と、ノアでお食事するの」

「あいっ」

最近は公爵様と接する機会があったからか、喜んで返事をする息子の純粋さに余計、今日の公爵様の態度は大丈夫かなと不安が募った。

◇　◇　◇

「――旦那様、素敵な贈り物をありがとう存じます。わたくしにはもったいないほど、素晴らしい音色を奏でてくれるピアノでしたわ」

「ああ。喜んでもらえたようでなによりだ」

今日の晩餐には遅れずにやってきた公爵様に、早速ピアノのお礼を伝えると珍しく会話が成立した。

いつもは、「ああ」や「そうか」だけなのに。どういう心境の変化かしら？

「――ところで、そ……公子は、いくつになった？」

食事を始め、しばらく経った頃だ。

あの公爵様から思いもよらぬ質問が出てきて、驚きすぎて口を開けたまま凝視してしまった。

「イザベル……？」

「あ、はい。もうすぐ四歳になりますわ」

「そうか……。マナーも、問題ないようだな」

チラリとノアの食事する様子を見てそう呟くので、私もつい「そうなのです！　ノアは賢い子ですのっ」と自慢してしまう。

「ならばそろそろ、子供同士の交流が必要だろう」

「そうですわね」

美味しそうに食事をしているノアに、確かにお友達が必要だと考える。

もしかして公爵様は、ノアのことをきちんと考えてくれるようになったのかしら。

少しだけ雰囲気が変わった公爵様と、可愛いノアを交互に見る。

この二人、外見だけは本当にそっくりなのよね。

同じように綺麗な所作で食事をしている二人に顔が綻《ほころ》ぶ。

まさか家族でこうして食事ができるようになるなんて、はじめの頃は思ってもみなかったわ。

ディバイン公爵家にやってきてもうすぐ一年経つのよね……

公爵家に嫁いできた時のことを思い出し、なんだか感慨深くなった。

前世の記憶が蘇《よみがえ》ってから色々あったわ。新素材を発見して、ノアのためにおもちゃを作って。そんなことをしていたら、いつの間にかお店までできていたものね。

でもやっぱり、出会った時には全く喋《しゃべ》れなかったノアが、今では私をお母様と呼んで、泣いたり笑ったり、感情を出せるようになってくれた。それがなにより嬉しいわ。

「おかぁさま、おいちぃね」

「ええ。とっても美味しいですわ。ねぇ、旦那様」

「……そうだな」

私はノアとは血が繋がっていないけれど、確かにここには、家族という繋がりがある気がするのよ。

「ねぇノア。今度はどんなおもちゃがほしい？」

「たのちぃの！」

そうね。それじゃあお母様が頑張って、可愛い息子のために楽しいおもちゃを作らないとね！

皇子と公子のお手紙

「ノア様、イーニアス殿下にお出しするお手紙の内容はこちらでよろしいのでしょうか?」

「あぃ、はい! かれーぱんと、かれーのこと、おおしえしゅるのよ!」

「かしこまりました。では、こちらを奥様にも確認していただきましょうね」

「はいっ。おかぁさま、いいこ、ちてくれる?」

「もちろんです」


アスでんか、こんにちは。ノアです。

りょおちにもどってから、おあいできなくて、とってもさみしいです。

さいきんあったことを、おてがみにしておくりますので、よんでください。

このあいだおかあさまが、しつじのウォルトに、かれえパンのことでそうだんされていました。

いろいろなかれえパンを、つくりたいのだけど、どんなものがいいのか、おかあさまにきいていました。

「まぁ、これがイーニアス殿下に送る手紙なのね」

「はい。ノア様のお話を聞いて私が代筆しました」

「フフッ、可愛らしく書かれていて、本当にノアが書いているみたいだわ。素晴らしい出来よ、カミラ」

「ありがとうございます。奥様！　ノア様はこのお手紙を奥様に見ていただいて、褒めていただきたかったようなのですが、睡魔には勝てなかったようです」

カミラがそう言って、ベッドで眠るノアへ視線を移す。くぅくぅと小さな寝息をたてるノアはそれはそれは可愛くて、マシュマロのように柔らかいほっぺをツンツンしたくなるが、ぐっと我慢した。

「それにしても、ノアはあの時のことを見ていたのね……」

◇◇◇

「——お店で出すカレーパンのアドバイスが欲しいですって？」

「はい。奥様のカフェで出されているカレーパンは甘口と辛口の二種類ですが、やはり専門店となると、それだけでは難しいと考え、まず辛さの調節に目をつけたのです」

「あら、いい考えだと思いましてよ」

私が考えた辛さは、子供が食べられる甘口と、大人に好まれる辛口と謳《うた》ってはいるけれど、その辛口は、日本でいう中辛なのよね。

まだスパイスの辛さに慣れていないこの世界の人たちには、日本の辛口はかなり辛く感じるでしょうし。でも、慣れてきたら辛みを増すのもアリだわ。

「しかし、甘口と辛口に加え、もっと辛くしたものを作りましたところ、その……、人間が食べられるようなものではなく、あえなく断念致しました」

「断念してしまったの⁉」

「辛さとは、人を殺してしまえるものだということを初めて知りました」

いや、どんだけ辛くしたのよ⁉

「そこで、今度は中の具を変えてはどうだろうかということになり、試しましたところ……」

中身に目をつけたのね。それなら上手くいったんじゃない？

「水分過多の、パンとはいえぬドロドロしたなにかが出来上がり……」

一体なにを具にしたの⁉

「なるほど……。よくわかりましたわ」

「奥様……っ」

「あなたたち、目のつけどころはいいのよ。けれど、手の加え方が斜め上だから失敗するのよ」

「斜め上、でございますか？」

「そう！　まず辛さ。専門店なら、一辛、二辛と様々な辛さのものを選べるようにするのも楽しいでしょう。中辛……、今わたくしのお店で出している辛口を中間の辛さの基準にして、少しずつ辛さを変えていくの。いい、少しずつよ」

一気に辛くしたから失敗したのよと注意する。

人間が死を迎えるようなカレーパンは二度と生み出してはいけないわ。

「なるほど、辛さを数値化し、お客様に選んでいただくのですね」

「そうですわ。ただし、これをカレーパンでするにはコストがかかりすぎますわ。不人気な辛さは余ってしまい、廃棄しなければならなくなるでしょう」

「なるほど……。確かにそのとおりでございますね」

「となると、ウォルトが言っていたように具に目を向けるべきなのだけど、あくまでパンの中に入れると考えると、水分が多い食材は適さないの」

「左様でございますね。肉や水分の少ない野菜などがいいのでしょうが……、それではあまり代わり映えしないような気が致します」

ウォルトはそこで行き詰まっていたようだが、前世の知識がある私には色々な提案ができるのよ！

「いいえ。例えば肉を大きくカットして入れると、食べ応えのあるお肉ゴロゴロカレーパンになりますし、卵を入れれば、とろ～り半熟たまごのカレーパンになりますわ。チーズなんかも最高ですわよね！」

「それは……っ。確かに美味しそうでございます」

「そうでしょう」

前世でも人気のあったカレーパンですもの！

その後もいくつかアイデアを出し、ウォルトの瞳が憔悴《しょうすい》からやる気に満ちてきた頃、一つの質問をしてみた。

「ところでウォルトは、カレーパン専門店をどこに出店する気ですの？」

「はい。貴族街の一等地で、規模は大きめのレストラン程度を考えております」

カレーパンで？　私はてっきり、屋台で売るものとばかり思っていたわ。

「ウォルト、カレーパンならば、お手軽に食べられるものですし、屋台、もしくはパン屋の方がいいのではなくて？　どちらかというと、あれは庶民に喜ばれるものだわ」

スパイスは高価なものだけど、カレーをメジャーにして、もっと大量に仕入れれば値段は抑えられるはずよ。

「庶民街で売る方がいいと、奥様はお考えなのですか？」

「ええ。もし貴族街にと考えるのであれば、郊外の一戸建てに、『カレー専門店』として出店するのはいかが？　どうしてもカレーパンにこだわるのであれば、数量限定のすごくお高い食材を使用したもののみにして、あとはカレーを出すのよ」

カレー専門店なら辛さも選んでもらえるし、私も色んなカレーを食べられるわ！　どうせなら欧《おう》風《ふう》カレーやインドカレー、タイカレー、ドライカレーなどなど、様々なカレーを食べられるレストランがいいもの！

「奥様……、あの、カレーパンはわかるのですが、カレーだけというのは……。まさかあのパンの中身だけを食すのですか？」

ウォルトの表情が強張っているではないか。

そうだわ。カレーパンは作ったけれど、カレーそのものは食べさせたことがなかったわね！

「カレーパンの中身は、カレーというものを、パンに包むために水分量を減らしたものなの。カレーそのものは……似たものだけど、別ものと考えてもらっていいわ」

「カレーパンとカレーは別もの……」

いまいちわからないという表情のウォルトに、ここは食べてもらうしかないと思った私は、「では、今日の夕食はカレーにしましょう！」と提案したのだ。


その日の夕食は公爵様もご一緒するということで、屋敷で一番大きな食堂でいただくことになった。

「カレーパンの中身を出して食べると聞いた時は驚いたが、こうして見ると全く別ものだな」

中身を出して食べるだなんて、誰も言ってませんけど⁉

カレーの試食会を兼ねて、シェフに指示して作ってもらったカレーを出したのだが、私はカレーと聞いて公爵様が嬉しそうにやってきたことに驚いたわ。

今回作ってもらったカレーは、この世界でも受け入れてもらえそうな欧風《おうふう》カレーだ。

「見た目は鮮やかで美しい。香りは、カレーパンのカレーか……」

カレーといえば、よく異世界ファンタジーマンガなどでは、見た目が悪いと言われ敬遠されがちだが、そういったことがないよう、色鮮やかな野菜などを駆使して、見た目を美しく盛り付けてもらった。それが功を奏したのか、見た目はむしろ高評価なようだ。しかし、カレーが敬遠されない一番の理由は、この世界にもシチューのような煮込み料理が多くあるからだろう。

その証拠に、公爵家のシェフにも、コンソメやブイヨンなどの出汁《だし》とデミグラスソースやスパイスを合わせた煮込み料理として、このカレーは受け入れられた。

「お好みのお野菜をパンにのせ、カレーをソースのようにかけて召し上がってください」

一口サイズのパンに素揚げした野菜をナイフで切ってのせ、ソースのようにカレーをかけて、ナイフとフォークで食す。

とてもカレーを食べているようには見えないが、仕方ない。お米を探しているのだけど、未だ見つけられていないのだ。

「ノアはまだ難しいから、パンをおててでちぎって、カレーにつけて食べましょうね」

パンをちぎって残ったスープを拭《ぬぐ》うようにして食べることはこの世界の食事でもあるので、はしたないとは思われないはずだわ。

「はい。おかぁさま」

ノアがパンをちぎっている時、公爵様はすでにもぐもぐと口を動かしている。その姿から誰よりもカレーを楽しみにしていたことが窺《うかが》えた。

「これは……、美味しいな」

公爵様が素直に認めたわ。カレーパンの時もそうだったけれど、この人、本当にカレーが好きなのね。

「パンで食べるのは一緒だというのに、カレーパンとここまで違うのか……」

「カレーパンはおやつ、こちらはおかずくらいの違いはありますわよね」

本当、同じカレーだというのに面白いわよね。

「あまいの、とってもおいちい！」

ノアが可愛い声を上げる。

「ノアのカレーはお野菜と果物をたっぷり入れて、さらにヨーグルトを加えたものだから、甘くて美味しいのよ」

「くだもの、だーいしゅき！」

「そうね。わたくしも果物大好きですわ」

「ふむ。果物が入っているとは……。甘口というのは、本当に辛みがないようだな」

ノアと私の会話に、珍しく公爵様がまざってきた。

「そうですわね。ノアが食べているカレーの辛さをゼロ辛だとしたら、旦那様のカレーは三辛くらいでしょうか。今はまだ、皆スパイスの辛さに慣れていないのでこれ以上の辛さはあまり需要がないとは思いますが、そのうち、もっと辛いものを求める方も出てくると思いますわ」

「しかし、辛さを変えたカレーをたくさん用意するのは難しいのではないか」

「いいえ。辛みの調整は、あるスパイスを、ベースとなるカレーに加えるだけです。なので、甘口カレーとベースのカレーの二つを作っておき、注文をいただいた時点で別鍋にベースのカレーと辛さの増すスパイスを加えれば完成ですわ」

「なるほど……。それならば問題はなさそうだ」

「あとはトッピングも選べるようにしたらいいかと思いますわ」

「トッピング……？」

公爵様がそれはなんだ、と興味津々にこちらを見るので、「チーズや半熟卵、お肉などを別で選択するのですわ」と伝えると、氷の瞳と噂されるそれを輝かせ、実にいいアイデアだと頷いた。

もしかして、お店ができたら行く気なのかしら？　もちろん私は行くつもりだけれど。


「奥様、お店は郊外にとおっしゃっていましたが、それは何故なのでしょうか？」

皆がカレーを食べ終え、それぞれがお茶の香りを楽しんでいた時、ウォルトがそう質問してきた。

私はお茶を一口飲んで、ほっと息を吐いてから答える。

「カレーはスパイスを使うので香りが強いのです。だから近くに家があると迷惑になりますでしょう」

「確かにキッチンには独特の香りが充満しておりましたが、逆に香りに誘われる方もいらっしゃるのではありませんか？」

「そうですわね。しかし、毎日その香りに晒《さら》され続けるご近所の方は辛いのではなくて」

そう言うと、ウォルトはそのとおりだと頷き、私にお礼を言って、郊外にある不動産をあたってみると公爵様に伝えたのだった。

「おかぁさま、かれーのおみせ、たのちみね！」

「そうですわね。お店ができたら、一緒に行きましょうね」

「はい！」


そのひのおゆうしょくは、かれえになりました。

かれえはしちゅーのようなみためで、とてもいいにおいがしました。

おかあさまは、パンにつけてたべてもいいし、おこめというものにかけて、たべてもいいと、いっていましたが、このひはパンにつけて、たべました。

わたしのかれえは、あまくて、おかあさまに、あまくておいしいねっていったら、ノアのかれえは、おやさいと、くだものと、よーぐるとが、いっぱいはいっているからだと、おしえてくれました。

おとうさまのかれえは、おとなようで、わたしにはからいのだそうです。

でも、おとうさまは、おいしいと、よろこんでたべていました。

かれえの、おみせができたら、おかあさまと、いっしょにいく、おやくそくをしました。とってもたのしみです。

アスでんかにも、かれえをたべてもらいたいです。


ノア・キンバリー・ディバインより。

SIDE　皇后マルグレーテ

「あら、可愛らしいお手紙ね。『かれえ』ってあのかれえパンの『かれえ』よね？　そんなに美味しいのなら、アタシも食べてみたいわぁ。なにより、テオ様の大好物なのですって！　お店がオープンしたら絶対行かなくちゃ！」

「ははうえ、こうしゃくのりょうちは、とってもとおいのではないですか？」

「イーニアス、母上にかかればどこだろうとひとっ飛びなのよ」

「そうなのですか!?　では、わたしも、こうしゃくのりょうちに、あそびにいけますか？」

「もちろんよ！　母上に任せておきなさい」

「はいっ、ははうえ！」


ノア、おてがみありがとうございます。わたしも、ノアにあえなくてとてもさびしいです。

かれえパンのおはなしですが、とてもおいしそうだとおもいました。わたしもたべてみたいです。

かれえもたべてみたいです。

わたしも、ははうえが、おみせができたら、つれていってくれると、おやくそくしてくれました。

とてもたのしみです。

わたしが、こうしゃくのりょうちへ、あそびにいったら、たくさんあそびましょう。

ところで、おこめとはなんですか？　おいしいのですか？　ははうえも、きょうみをもっていましたので、またおしえてください。

それと、わたしもさいきんあったことを、おてがみにかきますので、よんでください。

さいきんは、ははうえがまいにち、あいにきてくれるようになりました。

まえまでは、あまりおはなししてくれませんでしたが、いまでは、たくさんおはなししてくれます。たくさんわらってくれます。

これも、イザベルふじんのおかげだと、ははうえがいっていました。イザベルふじんに、ありがとうと、つたえてください。

それと、きのうは、ちちうえとおはなししました。おはなのことは、ないしょなので、いいません。

ちちうえは、わたしに、はやくおおきくなれと、いっていました。はやくおおきくなるには、どうしたらいいとおもいますか？

ははうえは、ミルクをのむといい、とおしえてくれましたが、わたしは、ミルクがにがてです。ミルクをのむと、おくちのなかが、ぬちゃぬちゃするからです。あと、おなかがいたくなるのです。

いまは、まいにちむぎちゃをのんでいます。このことは、ノアとわたしだけの、ひみつでおねがいします。ほかに、なにかいいほうほうがあれば、おしえてください。

イーニアス・エゼルバルド・グランニッシュより。

息子がノアちゃんに宛てた手紙を見て、少し前のアタシたちの関係を思い出す。

アタシの実家は皇帝派の筆頭で、父は汚職の権化《ごんげ》と言っても過言ではない、腐りきった人だ。婿養子で、元々だらしない人ではあったが、母が亡くなってからストッパーとなる人がいなくなり、やりたい放題の毎日だった。

アタシと父は折り合いが悪く、当然なにを言っても聞く耳を持たない。アタシが皇帝に嫁いでからはさらに酷くなる一方で、それを皇帝が容認し、一緒になって汚職に走るものだから救いようがない。

だからこそ、息子のイーニアスには正しい為政者になってもらいたいと必死だった。

この子をできるだけ早く皇帝にしよう、父親のようにならないようにしようと厳しく育ててきたつもりだった。

皇帝は直情的な人だから、気に入らないことがあると考えなしにすぐ排除しようとする。だから、イーニアスと自身の身を守るために愚かな女を演じ、皇帝から最も離れた宮にイーニアスを閉じ込めた。

結果的にそれは、イーニアスにとっては父親から引き離される行為だったのだけれど、この時はそれが正しいのだと思っていた。なんなら今も、そこだけはいい判断だったと思っているけれど。

それから、母子の時間などないまま、四年もの間ディバイン公爵派の者に教育を任せた。それが一番息子のためになるのだと、そう信じて息子に寂しい思いをさせ続けた。

いつしか、イーニアスは寂しいという感情を表に出すことをやめた。

たった四歳の子供にそれを強いたアタシは、最低な母親だ。

「ははうえ、おてがみの、さいしょのいちぶんは、わたしがかいたのです！　ここから、ここまでです！」

「あら本当。とても上手に書けているわ。イーニアスは文字も書けるのね。さすがアタシの子！」

「はい！　ノアはまだ、もじはかけないから、わたしがおしえてあげようとおもって、おべんきょうを、がんばっているのです！」

「イーニアスはノアちゃんのお兄さんね」

「はい！　わたしはノアより、ひとつうえなので、おにいさんなのです」

「じゃあ、イーニアスにとってノアちゃんは、一番のお友達で、弟分なのね」

「ノアはわたしの、いちばんのおともだちで、おとうとぶん……。はいっ、それです！」

イーニアスが即位するまでは、と必死で耐えてきた。こんなに幼い息子を甘えさせることもなく……

けれどあの日、イーニアスを抱きしめるイザベル夫人を見た時、アタシは嫉妬したのだ。

こんな酷い母親にそんなことを思う資格などないというのに、そこは、本当はアタシの場所なのだと思った。アタシがやってあげたいことなのだと思ったの。

なんと醜悪か。まるで厚化粧と香水をふりかけ武装した『アタクシ』のよう。

イザベル夫人にあんなにキツく当たったのは、テオ様の奥様にふさわしいか試す意味合いより、母親としての嫉妬が大きかったのかもしれない。

だって彼女がいい人だなんて、はじめからわかっていたのだから。

そして、イザベル夫人にイーニアスのことを指摘され、やっとアタシは息子と向き合ったのよ。

そして気付いたの。

イーニアスにはアタシが、母親が必要なのだと。

そこからは、できるだけ会いに行った。今までは遠くから見ているだけだったけど、会話をして、頭を撫でて……

最初は拒絶されるかもしれないと覚悟していたの。けれど、戸惑いは見えたけど、拒絶なんてされなくて……。そんな息子の健気さが、アタシの胸を深く突き刺した。

臆病なアタシは、少しずつ、少しずつ距離を縮めていくしかできなくて、時間がかかったけれど、やっと今では、抱きしめて笑い合えるようになったの。

「本当、イザベル夫人には感謝しかないわ」

「ははうえ、だっこ……」

いつもこの時間にウトウトし出す息子は、どうやら今日はウトウトと甘えたさんが同時に来たらしい。

「あら、イーニアスは赤ちゃんになったの？」

イーニアスを抱き上げると、揶揄《からか》うように頬をツンツンと突く。ノアちゃんよりはプクプクしていないけれど、それでも幼児特有のぷにっと感はまだあるわ。

イーニアスはだんだん閉じてくる瞼《まぶた》に必死で抵抗しながら、「わたし、は……、おにいさん……なのだ」と呟き、アタシの腕の中で眠ってしまった。

可愛いアタシの小さな息子。もう少しだけ、アタシに甘えてちょうだい。

◆◆◆

「あすでんか、から、おてがみきたのよ！」

息子が、皇族の紋章の封蝋《ふうろう》がある手紙を高々と上げて喜んでいる。

今更ながら、あの封蝋《ふうろう》を見るとちょっとどきどきするわね。心臓に悪いわ。

「ノア様、お手紙の封をお切りしますね」

ペーパーナイフを持ったカミラが、ノアからその手紙を預かり、封を開けている。それを、ノアはワクワクとドキドキが入り混じったような表情をして見守っているのだ。それがなんとも言えず愛らしい。

「ノア様、お読みしてもよろしいですか？」

「はい！　カミラ、おねがいね」

「かしこまりました。それでは――」

カミラが声に出して読む手紙の内容から、イーニアス殿下と皇后様の関係が改善していることが窺《うかが》え、顔が綻《ほころ》ぶ。

しかし、イーニアス殿下の手紙は、後半に可愛い秘密を吐露していた。ノアがチラリと私を見たので、耳を塞ぐふりをして聞いていない風を装《よそお》う。

どうやらそれで納得してくれたらしく、ホッとした顔をするのがおかしくて、笑いそうになったわ。

「おおきくなりゅ、ほーほー」

イーニアス殿下のお手紙を読み終わったノアは、一点を見つめ、そう呟いた。真剣に考えているらしい。

「奥様、ノア様があのように真剣なお顔をなさっています」

カミラは可愛くて堪らないというように、私にこっそり囁く。

「お友達の相談に真剣に向き合っている息子……。これが尊いということね」

「尊い……。確かに尊いお姿ですね！　さすが奥様、的確なお言葉選びです」

アスでんか、こんにちは。ノアです。おてがみ、ありがとうございます。
アスでんかが、りょおちに、きてくれること、たのしみにまっています。
かれえのおみせができたら、アスでんかに、いちばんにおおしえします。
あと、おこめはしろくて、つぶつぶで、あまいのだそうです。
おてがみにあった、おおきくなるほおほおを、かんがえたので、きいてください。
おとなはみんな、あしがながいので、あしをひっぱれば、いいとおもいます。ひとりだとひっぱれないので、こおごおさまに、おてつだいしてもらうと、いいとおもいます。

あとは、いすのうえにのぼると、せがたかくなります。ベッドのうえでもいいです。

おかあさまは、よくねむると、おおきくなるといっていました。カミラは、よおせいに、いのると、おおきくなると、いっていました。わたしも、やってみようとおもいます。

つぎにあうときは、おおきいノアで、あえるかもしれません。

それと、アスでんかのひみつは、だれにもいいません。ぜったいです。


「大きいノアって……！　カミラ、見てちょうだい。次は大きいノアで会えるかもって、可愛すぎない？」

「ノア様は大きくなりたいのでしょうか。私は、まだまだ小さなノア様でいてほしいです」

子供の手紙に本気でハラハラしているカミラに苦笑いをし、謎の線がぐちゃぐちゃに描かれた紙を見る。こっちはノア本人が描いたものらしい。

息子が描いたものだと、よくわからないものでも愛おしく思えるのだから不思議だわ。

「これを見る限りでは、まだまだ小さなノアでいてくれそうよ」

SIDE　イーニアス

「うむ。あしをひっぱるのか！」

ははうえは、まだいらしていない。ひとりではむずかしいと、ノアのおてがみにもかいてある。

「そうだ！　ごえいならちからもつよい。たくさんのびるかもしれない！」

わたしは、ごえいをよんだ。

「どうなさいましたか？　殿下」

「あしをひっぱってくれ」

「はい⁉　殿下の足を引っ張るなど、とんでもございません！」

ごえいにことわられて、こんどは、じじょにおねがいした。

「殿下の足を引っ張るなどと、そのような無礼な真似はできません！」

じじょにもことわられた。

「むむ……。もしかしたら、ノアはこうなることがわかっていて、ははうえにおねがいしたほうが、いいといったのか」

なら、もうひとつのほうほうをためそう。

「いすのうえにあがってみるのだ！」

わたしは、ちかくにあった、いすのうえにあがり、まわりをみた。

「せが、たかくなった！」

いつもより、めせんがたかい。でも、なにか……ちがうきがする。

「ベッドのうえにたっても、かわらない、きがする……」

あとのほうほうは、ようせいにいのるか、よくねむることだ。

「やはり、ははうえをまったほうが、いいのだろうか」

このままでは、ノアのほうがはやく、おおきくなってしまう。

「わたしはノアの、おにいさんなのだ。さきをこされるわけには、いかないのだ」

コンコン。

「イーニアス殿下、皇后様がお越しになられました」

じじょのこえだ。

「はいって、もらってくれ」

ちょうどいいところに、ははうえがきてくれた。はやく、あしをひっぱってもらわなくては！

「イーニアス、お勉強はきちんとしていた？」

「はい！　ははうえ。せんせいからでた、しゅくだいはおわらせて、ノアからきたおてがみを、みていました」

「宿題だけでなく、興味を持ったものは率先し、自ら調べるようにならなければね」

「はい！」

うむ。きょうみをもったもの……。ハッ！　もしかすると、おおきくなるための、じっけんも、おべんきょうになるかもしれぬ。

「ははうえ！　わたしはいま、おおきくなるための、じっけんをしています」

「え？　なんの実験？」

「おおきくなるための、じっけんです」

「……どんなことをしているの？」

「いまは、ノアのおてがみにかいてあったことを、ためしています」

「ノアちゃんのお手紙に？　ちょっと見せてもらってもいい？」

「はい！」

ノアからきたおてがみを、ははうえにわたして、ははうえが、めをとおしているのを、ながめる。

「フッ、フフフッ、あはははっ。なにこれ、可愛すぎるわ！」

ははうえはたのしそうにわらって、かわいいと、いっている。

「ははうえ、わたしのあしを、ひっぱってもらいたいのです」

「足を？　いいわよ！　本当に大きくなれるのか、検証しましょう」

けんしょう……？

「ははうえ、けんしょう、とはなんでしょうか」

「あら、イーニアス。気になることは、自ら率先して調べなくてはならないと教えたはずよ」

そうだった！　こういうときは――

「じしょを、ひきます！」

「そうよ。じゃあまずは検証から調べてみましょう」

ははうえは、おいそがしいはずなのに、わたしのしらべものにつきあってくれた。

「けんしょうとは、じっさいにしらべて、じじつをあきらかにすること」

いましていることだ！

「ははうえ！　わたしは、いまから、あしをひっぱって、おおきくなることができるのか、けんしょうします！」

「はい。よくできました。一つ言葉を知ったわね」

うむ。わたしはまたひとつ、かしこくなった。

「では、わたしはベッドの、ここ！　はしにつかまりますので、ははうえは、あしをひっぱってください」

「任せなさい！　きちんと持っていないと怪我するわよ！」

ベッドのはしをぎゅっとつかむ。じゅんびばんたんだ。

「いくわよっ」

「はい！」

ははうえが、わたしのりょうあしをもってひっぱった。

「あ……っ」

ははうえのちからにまけて、てをはなしてしまった。

「こら。手を離すと怪我をするって言ったでしょう」

ははうえが、とっさにもちあげてくれたから、ゆかにおちなくてすんだ。

「さかさまだ」

「そうね。逆さまだわ」

ぶらん、ぶらんとゆれて、たのしくなってきた。

「イーニアス、降ろすわよ」

ベッドのうえにおろされ、ほんのちょっとだけ、ざんねんだとおもった。

「どう？　足は伸びたかしら？」

ははうえは、すこしいじわるなわらいかたをして、わたしにきいた。

「うーん……のびてないきがします。これでは、おおきくなれません」

「そうね。でも、今日は二つも知らないことを知ったわね」

「ふたつ……、ちがいます！　ははうえがくるまえに、いすのうえにのったのです。だから、みっつしりました！」

「そう、すごいじゃない。背は伸びなくても、頭の中は大きくなったわね」

おおきくなった？

「ははうえ、あたまのなかは、おおきくなるのですか？」

「そうよ。たくさん勉強すれば、その分、頭の中は大きくなるの」

「わたしは、おおきくなれた……？」

「ええ。三つ分、大きくなったわ！」

ノア、こんにちは。おてがみありがとうございます。

ノアにおしえてもらったほうほうを、けんしょうしてみました。

けんしょうというのは、じっさいにしらべて、じじつをあきらかにすること、なのだそうです。

いすのうえに、のぼってみましたが、これはおりると、もとにもどります。あしをひっぱるのも、ははうえにてつだってもらい、やってみましたが、あしはのびず、さかさまになりました。ぶらんぶらんして、たのしかったです。

ねむっておきても、おおきくはなっていませんでした。ようせいにおいのりしても、だめでした。もしかしたら、わたしはようせいに、きらわれているかもしれないとははうえにいうと、ようせいも、すいみんも、おじかんがかかるのだそうです。

ようせいに、きらわれていなくてよかったです。

でも、いろいろなほうほうを、ためせたおかげで、けんしょうということばをしりました。ノアにおしえてもらったほうほうが、どうなるかも、しることができました。わたしは、たくさん、あたらしいことをしりました。

ははうえが、せはおおきくなれなかったけど、あたまのなかはおおきくなった、とおしえてくれました。

だからわたしは、ノアのおかげで、おおきくなることができました。ありがとうございます。

おこめは、もしかして、ぶどうのような、くだものですか？

◆　◆　◆

領地に帰ってきてからというもの、ノアとイーニアス殿下は頻繁に手紙のやり取りをしていた。

『氷雪の英雄と聖光の宝玉』ではライバル関係で、殺し合いまでしたノアとイーニアス殿下が、ここまで仲良くなるとは予想できなかったが、このままなんの争いもなく大人になってほしいものだ。

「にしても、イーニアス殿下ってば、可愛らしい検証をしたのね」

最近、ノアと殿下の手紙を読むことが楽しみになっている私は、来たばかりの殿下からの手紙をノアに見せてもらいながら、庭のガゼボでお茶を楽しんでいた。

「あすでんか、あたまのなか、おおきくなったのよ！　しゅごいの！」

クッキーのかけらを口の周りに付けながら、お友達のすごいところを力説する息子が愛おしい。

ハンカチで口を拭《ぬぐ》ってあげ、ノアの話に頷く。

「そうね。イーニアス殿下はお勉強をたくさんしているのね」

皇后様は良き母、良き皇后として頑張っているらしい。頭の中が大きくなるとは、上手いたとえだわ。そう言ってあげるとお勉強を頑張ってくれるのね。皇后様って教師に向いているかもしれないわ。

「おかぁさま、ノア、あすでんかの、おやくにたてた？」

「すごーくお役に立っているわ！　イーニアス殿下からも、ありがとうございますってお手紙が来たでしょう。ノアはとってもいい子！」

ぎゅっと抱きしめて頭を撫でる。ノアは嬉しそうに笑って、「ノア、しゅごい！」とはしゃいでいた。

「まぁ！　ノア様がはしゃいでらっしゃるわ。可愛らしい！」

「奥様に笑顔を向けられて……っ。可愛いわ！」

遠くから使用人たちがノアのことを噂している声が聞こえる。最近、いや、前に私と公爵様だけで帝都に行った時から、急に使用人のノアに対する態度が軟化したのだったわ。

そういえば、カミラがなにかしたのじゃないかと思ったまま、真相を明らかにせずにいたわよね。

ちょうどカミラもいるし、その時のこと、聞いてみようかしら。

そう思い、静かにノアの後方で待機しているカミラを見る。

「ねぇ、カミラ」

「はい。奥様。お茶ですか？」

カミラが私の声に反応し、ティーポットを持つ。

「違うわ。あなたにちょっと聞きたかったことがあるのだけれど」

「私に聞きたいことですか？」

カミラは首を傾げ、小動物のような瞳を瞬《またた》かせた。

「前に、わたくしと旦那様だけが帝都に行った時のことなのだけど」

「はい。あの時ノア様は、奥様が帰ってくるまで毎日、玄関に通っておりました」

そうよね。可哀相なことをしたと思っているわ。

「あなた、その時使用人たちになにかしたのかしら？」

例えば裏庭に一人ずつ呼んで、オラオラしたとか。

「はい？　特になにもしておりませんが……？　あっ、もしかして」

やっぱりシメたの？　調子にのってんじゃないって暴れたの？

「奥様が公爵家にいらっしゃるまで、使用人の間ではノア様はガラス細工のような扱いだったじゃないですか」

カミラ、私の前で正直に口に出しすぎよ。そこがカミラのいいところでもあるのだけれど。

「でも、奥様が来られてから、少しずつノア様が変わっていって、感情を表に出してくれるようになりました」

「そうね。最近、ノアはよく笑って、泣いて、感情を表に出すようになったわ」

ノアを見ると、きょとんとした表情で見返してくるので、ついさらさらの銀髪を撫でてしまう。

「はい。それで、旦那様と奥様が帝都に出発なさった日、ノア様が今までにないくらい大泣きしてしまって……玄関から動く気配もなく、可哀想だとは思いましたが、お風邪をひいてはいけませんので、抱き上げてお部屋に連れていこうとしたんです。ですが、嫌がって抱っこもさせてくれなくて……。私も困り果ててしまいまして」

ノアが？　抱っこをさせてくれないなんて、そんなこと今までないでしょう。

「その時に、皆が一緒にノア様のご機嫌をとってくれたんですよ。結局、泣き疲れて眠るまで玄関から離れなかったんですけどね」

「それは……、大変だったのね」

私が帝都に向かっている間にそんなことがあったのね。

「それから皆、気にしてくれるようになったのですが、翌日からノア様が玄関で一日を過ごすようになってしまわれて……。誰がなにを言っても頑として動かなかったんです」

一日中⁉

ノアを見ればニコニコと笑っている。

この子のどこにそんな頑《かたく》なな一面があったのかしら……。さすが公爵様の血を継いでいるだけあるわ。

「やはり抱き上げようとしても嫌がられて、本当にあの時は泣いて暴れて、いつものノア様とは思えないほどでした。そんなわけで、使用人皆で協力して玄関にノア様のお部屋を作ったんです」

「玄関に、部屋？」

「はい。旦那様も奥様もいらっしゃらないお屋敷にはお客様も来ないですし、いいかなと」

いいえ、良くはないわよ。カミラ。

「そうしたら、今まで泣き叫んで暴れていたノア様が、ピタッと泣きやんで、使用人たちにお礼を言ったんですよ！　もうそれが本当に天使のようで‼」

なるほど。ずっと泣き叫んでいた子供が、急に「ありがとぉ」って笑ったら絆《ほだ》されるわよね。しかも公爵様ゆずりのこの美貌で……。それは落ちるわ！

「玄関って、結構な頻度で使用人も行き来する場所ですし、日中は外に出たりもしていましたから、ノア様と接する使用人も増えて、今まで遠巻きにしていた者たちも、ノア様の可愛らしさに陥落したんです」

「そういうことだったのね」

「ノア様、毎日色んな使用人に声をかけるんですよ。『おかぁさま、かえってきた？』って。それはもう、奥様が帰ってこられるまで、皆ノア様のことが気になって仕方なかったんですから」

毎日健気に玄関で待ち続け、皆に聞いて回っていたなんて。

「毎日使用人に声をかけているのだから、皆ノアのファンになってしまうわよね」

こんなに可愛いんですもの。

「そうなんです！　だから、奥様が帰ってこられた日は、使用人一同本当に嬉しくて！　あのようにお出迎えしてしまいました」

あの時、ノアとの再会が嬉しすぎて、細かいことはあまり覚えていないのだけど、使用人たちがずらっと並んで見ていたことだけは記憶にあるわ。

なるほど、だからお屋敷の皆がいつもノアを優しい目で見守ってくれているのね。

「それに、あのことがきっかけで、良かったことがあるんです！」

「なにかしら？」

「実は、使用人の間では、ノア様も可愛いし奥様もお優しいって評判になって、使用人の離職率が下がったんですよ！」

「えぇ!?」

「それどころか、最近ではノア様と奥様付きのメイドの仕事が大人気なんです。競争率がすごくて、皆、腕を磨いて定期的におこなわれているメイド選抜試験に臨んでいるみたいですよ」

選抜試験!?　初耳なんだけど？

チラリと私付きの侍女であるミランダを見ると、彼女が頷いた。

本当にそんな試験をやっているのね。

「私は侍女ですから、そんな試験はなくノア様付きでいられますが、皆に負けないよう、日々育児や子供の教育について勉強しているんですよ」

知らなかったわ。カミラも頑張っているのね。

「そんな風に皆が頑張ってくれて嬉しいわ。元々ディバイン公爵家の使用人はレベルが高いけど、常に切磋琢磨《せっさたくま》しているのね。わたくし付きのメイドの、エステの腕も最高だと思っていたけれど、そこまで頑張ってくれるのなら、特別手当を出すべきよね」

「えぇ!?　奥様そんな……っ。よろしいのですか!?」

カミラが驚くのも無理ないわ。この世界では、特別手当などというものは幻のようなものなのだから。メイドの身分なら、お休みの日すら、二週間に一回あるかないかというブラックさだもの。

シモンズ伯爵家の侍女のサリーなんて、お休みがあったのかすら怪しいわ。

公爵家に関しては、最近、誰もが週に一度は必ずお休みを取るように改善したけれど、それでも拘束時間や仕事内容を考えるとブラックなのよね……

「頑張ってくれる使用人を労《ねぎら》うのも、雇用主の義務ですもの」

「私、ディバイン公爵家で働けて良かったです！　ノア様は可愛いし、奥様は面白いし、お休みもきちんとあるし、給料もいいんですもの！」

カミラ、面白いってどういうこと？　「最高の職場です～」じゃなくて、面白いってあなた……、私のこと、そんな風に思っていたのね。

「おかぁさま、でぃばいん、こおしゃくけは、たのちぃところ？」

ノアがカミラの言葉を聞いて、私にそんな質問をしてきた。

大きなアイスブルーの瞳が宝石のように輝いていて、あまりの眩しさに目を細めてしまう。

「ノアはどう思うかしら？」

楽しいと思ってくれていたらいいなと思いながら微笑むと――

「う～？　たのちぃ！　おかぁさまが、おそばにいるから！」

周りをパッと明るくするような、満面の笑みを向けたのだ。

息子にそんな風に言われると思わなかったので、ちょっと感動してしまったわ。

「わたくしも、ノアがそばにいてくれるから、楽しいわ」

アスでんか、こんにちは。いつも、たのしいおてがみ、ありがとうございます。

さかさまで、ぶらんぶらん、わたしも、やってみたいと、おもいました。

おおきくなるには、おじかんが、かかるのですね。

わたしも、たくさんねむって、よおせいにも、おいのりしましたが、まだおおきくなれていません。がんばって、つづけていこおと、おもいます。

アスでんかは、あたまのなかが、おおきくなったのですね。わたしも、アスでんかのように、あたまのなかを、おおきくしたいので、おべんきょうを、がんばります。

おこめは、くだものでは、ないそうです。

きのおは、おかあさまといっしょに、つみきで、おしろをつくりました。まえに、アスでんかのおへやでみた、つみきの、おしろよりは、ちいさいけれど、おかあさまが、りっぱなおしろね、とほめてくれました。

そのあと、おかあさまと、おにわで、おかしをたべました。

そのときに、カミラが、でぃばいんこおしゃくけは、さいこおだといいました。だから、おかあさまに、でぃばいんこおしゃくけは、たのしい？　ときくと、ノアはどおおもう？　といわれました。

わたしは、おかあさまが、おそばにいるから、たのしいと、おへんじしました。

おかあさまは、うれしそうに、わたくしも、ノアがそばにいるから、たのしい、といってくれました。

わたしと、おかあさまは、りょおおもいです。

りょおおもい、というのは、おたがいに、おなじくらい、すき、といういみだと、カミラがいっていました。だから、わたしと、アスでんかも、りょおおもいです。


ノア、こんにちは。おてがみ、ありがとうございます。

おおきくなることを、つづけていくことは、とてもいいことだとおもいます。

おたがいに、おべんきょうをがんばって、あたまのなかを、おおきくしましょう。

ノアのつくったおしろは、どんなおしろですか？　わたしのおしろは、こうじょうといって、こうきゅうのおとなりにある、おしろです。

ノアからおてがみをもらって、わたしもおにわで、ははうえと、おかしがたべたくなりました。なので、ははうえにおねがいしたら、もちろんよ、といって、おにわで、おちゃかいをしてくれました。まどれーぬというおかしが、とてもおいしかったです。

わたしも、ははうえと、りょうおもいになりたいので、ははうえが、おそばにいてくれるから、とてもたのしいと、つたえました。

ははうえは、なきだしてしまいました。わたしが、わるいことをしたのだとおもって、ごめんなさいをしたら、ははうえは、うれしくてないたのだと、いいました。

うれしくても、なみだがでることに、おどろきました。でも、ははうえと、りょうおもいになれました。ノア、ありがとうございます。

それと、わたしとノアは、まちがいなく、りょうおもいです。

「わたくしとノアも間違いなく両想いだわ！　でも、二人ともどうしてこんなに可愛いのかしら！　このまま、ずっと仲良しでいてくれるといいのだけど」

「大丈夫ですよ！　お二人は大親友ですから！」

カミラはそう言って手紙を封筒と中身に分け、皺《しわ》を伸ばすと、新素材でできたフォトフレームのようなものに挟んで保管しているではないか。

これは……、後世に残す気でいるのかしら。

◇◇◇

可愛い手紙のやり取りは、こうして続いていき、私の願いどおり、生涯にわたって継続されることとなる。

そして、帝国で最も優れた賢帝と謳《うた》われ、民に慕《した》われた皇帝と、その右腕である公爵の、幼少期の可愛らしい手紙は博物館に保管され、見る人の心をほっこりさせることになるのだが、それはまた別のお話。

継母の心得
Regina COMICS
1
作画 ほおのきソラ
構成 藤丸豆ノ介
原作 トール
コミックシーモア 先行ランキング 第1位 (2024年9月28日) 女性マンガ
大好評発売中!
悪辣継母に転生したけど…
義息子が天使すぎるっ!!!

継母の心得
Regina COMICS
作画 ほおのきソラ
構成 藤丸豆ノ介
原作 トール
悪辣な継母キャラに転生!?
だけど義息子が天使すぎるっ!!!
第1位